梅花烙

瓊瑤◉著

全集自序

從我出版第一部小說『窗外』到今天，已經足足過去了二十六年。有時，真不相信，四分之一個世紀，就在我的塗塗寫寫中悄然而逝。這二十六年，不管我生命中有多少風風雨雨，多少喜怒哀樂，我的『寫作』，卻一直是我生命中的一條主線。在我沮喪時，我會逃遁到寫作裡去，當我歡樂時，我會表現到寫作裡去，當我寂寞時，我用寫作填補空虛，當我充實時，我又迫不及待要拾起筆來，寫出我的感覺……因而，這漫長的二十六年，我雖然偶爾會蟄伏、會休息，卻從不曾真正停止過寫作。就這樣，細細數來，從『窗外』開始，到『我的故事』為止，二十六年來，我已出版了四十四本書。

去年年初，因為開放大陸探親，我有幸在離鄉三十九年後，首次回大陸。到了北京，發現我的四十幾部作品，被出版得亂七八糟。當時，就有一種強烈的願望，要好好整理一下這些作品。返台後，又因為有好幾部作品需要再版，我和鑫濤，就決定藉再版之便，重新整理我的作品，改換版本形式，統一編排，出版這套『瓊瑤全集』。

因為時代已經不同，出版品也隨著時代進步，現在的紙張、字體、編輯、版本形式……都遠勝以往。再加上，我過去的作品，有的書太薄（如『月滿西樓』），有的書太厚（如『幸運草』）。有的排版太密，有的又排得太鬆，有的字體太小，有的又太大。這一次，我們把所有的缺失更正，做完全的調整。作品內容，也有更改，例如，『六個夢』一書中，居然有七個故事，這是件挺荒謬的事，如今，抽出一個故事，還原成『六個夢』。又例如，『月滿西樓』只是一部中篇，勉強成書，總覺份量不夠，現在，加入另外幾部中篇，重新結集。

在我這所有的作品中，最特別的是『不曾失落的日子』。這部書嚴格說來，是一部我自己『殘缺的自傳』，有『童年』部份，缺掉了成長以後的過程。今年春天，我將此書重新寫過，把我成長以後的部份補齊，改名為『我的故事』。這部書，在我的全集中取代了『不曾失落的日子』。因而，四十四部書，經過整理後，變成四十三部。至於『不曾失落的日子』中的散文部份，以後，可能會滙集我的其他散文，出版一部散文專輯。

當然，重新編撰一套全集，是件工程浩大的事，以往的書中，錯字別字漏字都很多，借此機會，全部修正。這樣浩大的工程，不是一朝一夕就能完成。但，我們總算開始了這件工作。在重選封面，重選字體，重選版本形式……的時候，我雖忙碌，却也興奮。過去的作品，不管好不好，都是我生命中最重要的一部份。重新編撰，重新出版，也算我的一種『重生』吧！

從來不曾覺得自己的作品寫得好，也從來不曾自滿過。每次出書，都戰戰兢兢，如履薄冰。生怕自己的作品禁不起讀者的考驗，和時間的考驗。現在，在『全集』出版前夕，這種情懷，仍然強烈。總覺得自己渺小平凡，寫出的每部書，也都是一些渺小平凡的故事。儘管書中常有『轟轟烈烈』的感情，那也只是『平凡人』的感情。

且讓我把這套『瓊瑤全集』，獻給全天下平凡的，和不平凡的朋友們！

瓊瑤寫於一九八九年七月三十一日
於台北可園

1

乾隆年間，北京。

對碩親王府的大福晉雪如來說，那年的秋天，似乎來得特別早。八月初，就降了第一道霜。中秋節才過，院子裡的銀杏樹，就下雪般的飄落下無數無數的落葉。雪如挺著即將臨盆的肚子，只覺得日子是那麼沉重，厚甸甸的壓在肩上，壓在心上，壓在未出世的嬰兒身上，壓在自己那矛盾而痛楚的決定上，壓在對孩子的期待和耽憂上……這種壓力，隨著日子的流逝，隨著臨盆日子的接近，幾乎要壓垮了她，壓碎了她。

側福晉翩翩是那年五月初八，王爺壽誕之日，被多事的程大人和吳大人，當作『壽禮』給送進府裡來的。隨翩翩一起進府的，還有個二十四人組成的舞蹈班子。翩翩是回族人，以載歌載舞的方式出現在壽宴的舞台上，穿著薄紗輕縷，搖曳生姿。肌膚勝雪，明眸如醉。那種令人驚艷的嫵媚和異國風情，幾乎是在一剎那間就擄獲了王爺的心。『翩翩』是王爺賜的名，當晚就收了房。三個月之間，王爺不曾再到雪如房裡過夜。八月初，隨著第一道霜降，翩翩傳出懷孕的喜訊，九月，就封為側福晉。

雪如知道自己的地位已岌岌可危，十八歲嫁進王府，轉瞬已十年，十年間，王爺對她確實寵愛有加。儘管她連生了三個女兒，帶給王爺一連三次的失望，王爺都不曾再娶妻妾。如今，她的第四胎即將出世，而翩翩，卻搶先一步進了府，專寵專房不說，還迅速的懷了孩子……如果，自己再生一個女兒？如果，翩翩竟生了兒子？

今年的秋天，怎會這樣冷？

日子的流逝，怎會這樣令人『心驚膽顫』？

身邊的秦嬤嬤，是雪如的奶媽，當初一起陪嫁進了王府，對雪如而言，是僕從，也是母親。秦嬤嬤從六月起，就開始在雪如的耳邊輕言細語：

『這一胎，一定要生兒子！無論怎樣，都必須是兒子！妳好歹，拿定主意啊！』

『生兒育女，靠天靠菩薩靠祖宗保佑，怎能靠我「拿定主意」就成？』她煩惱的接口。

『哦！』秦嬤嬤輕呼出一口氣：『把都統夫人，請來商量吧！』

都統夫人，是雪如的親姐姐雪晴，姐妹倆只差兩歲，從小親愛得蜜裡調油。雪晴敢做敢當，有見識有主張，不像雪如那樣溫婉嫻靜，溫婉得幾乎有些兒優柔寡斷。

『翩翩的事怪不得王爺，三十歲還沒有兒子，當然會著急，如果我是妳，早就想辦法了，也不會拖到翩翩進門，封了側福晉！又懷了身孕，直接威脅到妳的身分地位！』雪晴說，眼光直勾勾的看著雪如那隆起的肚子。

『想辦法？怎麼想辦法？每次懷孕，我又吃齋又唸佛，到祖廟裡早燒香晚燒香……就是生不出兒子，有什麼辦法呢？』

雪晴的眼光，從她的肚子上移到她的眼睛上，那兩道眼光，銳利明亮，閃爍著某種令人心悸的堅決，她的語氣，更是斬釘斷鐵，每個字都像利刃般直刺雪如的心房：

『這一胎，如果是男孩，就皆大歡喜，如果是女孩，那麼，偷龍轉鳳，在所不惜！』

雪如大驚失色。這是王室中的老故事，一直重複著的故事，自己並非沒有想過，但是，『想』與『做』是兩回事。『想』不犯法，『做』是死罪。何況，誰能割捨自己的親生骨肉，再去撫養別人的孩子，一如撫養自己的孩子？行嗎？不行！不行！一定不行！

『不這麼做，翩翩如果生了兒子，母以子貴，王爺會廢掉妳，扶正翩翩！想想清楚！想想坐冷宮，守活寡的滋味……想想我們的二姨，就因為沒生兒子，怎樣悲慘的度過一生……想想清楚！想想清楚！』

她想了，足足想了三個月，從夏天想到秋天。在她的『左思右想』中，秦嬤嬤忙得很，雪晴也忙得很。一會兒秦嬤嬤出府去，一會兒雪晴又入府來。王爺忙著和翩翩日日笙歌，夜夜春宵，無暇顧及府中的一切。而日子，就這般沈甸甸的輾過去，輾過去，輾過去……

十月二日的深夜，雪如終於臨盆了。

那天的產房中，只有秦嬤嬤、雪晴、和雪晴的奶媽蘇嬤嬤。蘇嬤嬤是經驗豐富的產婆，也是姐妹二人的心腹。孩子呱呱落地，啼聲響亮，蘇嬤嬤俐落的剪斷臍帶，對雪如匆匆的說：

『恭喜福晉，是位小少爺！』

孩子被蘇嬤嬤裹在臂彎裡，往後就退。雪晴飛快的將事先準備好的男嬰，往雪如眼前一送：

『快看一眼，我要抱出去報喜了！』

雪如的心，陡的往地底沉去，剛剛消失的陣痛，似乎又捲土重來，撕裂般的拉扯著雪如的五臟六腑。不！不！不！不！不！不！心中的吶喊，化為眼中的熱淚。她奮力起身，一把拉住了正要往室外逃去的蘇嬤嬤：

『不！把孩子給我！快把我的孩子，給我！』

『雪如，此時此刻，已不容後悔！』雪晴啞聲的說：『任何人闖進門來，妳我都是死罪一條！我答應妳，妳的女兒，蘇嬤嬤會抱入我的府中去，我待她將一如親生！妳隨時還可來我家探望她。這樣，妳並沒有失去女兒，妳不過是多了一個兒子！現在，事不宜遲，我要抱著小公子去見王爺了！不一會兒，所有的人都將集中在前廳，蘇嬤嬤，妳就趁亂打西邊的後門溜出去！懂了嗎？』

蘇嬤嬤點著頭，雪晴抱著男嬰快步出門去。

無法後悔了！再也無法後悔了！雪如死命搶過自己的女兒來，那小小的，軟軟的，柔柔的，弱弱的小生命啊！她緊擁著那女嬰，急促的，啞聲的喊著：

『秦嬤嬤，梅花簪！梅花簪！』

秦嬤嬤飛奔至火盆前，拿夾子將炭火撥開，用手絹裹住簪柄，取出已在火中烤了多時的一支梅花簪來。簪子是特製的，小小的一朵金屬梅花，下面綴著綠玉，綴著珠串，又綴著銀流蘇。

『妳們要做什麼？』蘇嬤嬤慌張的問。

『我要給她烙個記號，免得妳們再李代桃僵！』雪如緊張的說著，落著淚，把孩子面朝下放在膝上，用左手托著孩子的頭，右手握住那燒紅了的梅花簪，咬緊牙關，等待著。

『恭喜王爺！賀喜王爺！喜得麟兒呀！』

前廳傳來紛雜的道賀聲，人來人往聲，腳步奔跑聲……，接著，鞭炮齊鳴！一叢叢煙火，『咻』『咻』的沖上天去，乒乒乓乓的爆響開來。五光十色的煙花，滿天飛舞，把窗紙都染白了。

雪如手中的梅花簪，立即烙上了嬰兒的右肩。

嬰兒雪嫩的肌膚上，一陣白煙冒起，嗤嗤作聲。嬰兒『哇』的大哭起來，哭聲淹沒在此起彼落的鞭炮聲裡。雪如抖著手摔掉了那梅花簪，看了看那紅腫的梅花烙痕，心中一陣絞痛，不禁淚如雨下，她一把摟緊了孩子，痛喊著說：

『我苦命的女兒呀！這朵梅花，烙在妳肩上，也烙在娘心上！今天這番生離，決非死別！娘會天天燒香拜佛，向上天祈求，希望終有那麼一天，妳能夠回到娘的身邊來！』她摟著孩子，吻著孩子：『再續母女情，但憑梅花烙！』

蘇嬤嬤見時候不早，衝上前去，從雪如懷裡，死命的搶去了嬰兒。

『福晉呀，為大局著想吧！孩子我抱走了！』

蘇嬤嬤抱著嬰兒，用一大堆髒衣服髒被單掩蓋著，迅速的衝出門去了。

雪如哭倒在秦嬤嬤懷裡。

對雪如來說，那個晚上，她有一部份的生命，就跟著這個『梅花烙』出了王府，徘徊在雪晴的都統府裡去了。雖然，她換來的那個兒子珠圓玉潤，長得十分可愛。但是，她卻怎樣也忘不掉甫出生就離別的那個女兒，和那個『梅花烙』。

新生的兒子，王爺為他取名皓禎，喜歡得不得了。滿月時大宴賓客，連皇上都送了厚禮來。皓禎有挺直的鼻梁，和一對靈活的大眼睛。王爺口口聲聲，說孩子有他的『遺傳』，濃眉大眼，又有飽滿的天庭，一定會後福無窮。雪如聽在耳裡，看在眼裡，驚在心裡，痛在心裡。是的，這是一件不容後悔的事情，是一件永遠的祕密。第二年春天，翩翩果然一舉得男，取名皓祥。王爺連續獲得兩個兒子，樂得眉開眼笑。那些日子，連家丁僕從，都能感染到王爺的快樂與幸福。

『瞧，好危險呢！』秦嬤嬤在雪如耳邊說：『總算咱們搶先了一步！』

『可是，可是……』雪如攥著秦嬤嬤，可憐兮兮的追問著：『妳有沒有去都統府？妳瞧見她沒有？長得可好？怎麼姐姐老避著我？現在，已事隔半年，沒有一丁點兒風吹草動，我可不可以去姐姐家，瞧瞧那孩子……』

『噓！』秦嬤嬤制止著：『別孩子長孩子短的，當心隔牆有耳，一個字都別提！』

『可是，可是……』

『別再說「可是」了，我給妳看看去！』

秦嬤嬤去了又回，回來又去，來來回回跑著，總說孩子不錯，長得像娘，小美人胎子……說完就轉頭，悄悄掉著眼淚。瞞了足足大半年，雪晴才在一次去碧雲寺上香的機會裡，和雪如單獨相處。

『不能再瞞妳了！』雪晴含淚說：『那個孩子，蘇嬤嬤抱出去以後，我們就把她放在一個木盆裡，讓她隨著杏花溪的流水，漂走了。我們再也沒有去追尋她的下落，是生是死，都看她的命了！』

『什麼？』雪如眼前一陣發黑，只覺得天旋地轉。這幾句話，像是一個焦雷，對她劈頭打了下來，震得她心魂俱碎。『怎麼會這樣？妳對我發過誓，妳會愛她，待她一如己出，絕不叫她委屈，我相信妳，才把孩子交給妳……妳怎能做這樣的事？妳怎麼狠得下心？怎麼下得了手？』她抓住雪晴，不相信的搖撼著她，聲嘶力竭的喊著哭著。『我不相信，妳騙我，騙我！』

『我沒有騙妳！』雪晴也落淚了。『我是想得深，想得遠，孩子抱走前，妳還給她烙上烙印，這樣難以割捨，留下是永久的心腹之患！萬一妳將來情難自禁，真情流露，而鬧到東窗事發，王爺、妳、我，都會倒楣的！妳也知道，咱們大清就是注重王室血統，我們這是欺君罔上、滿門抄斬的死罪呀！妳想想看，想想清楚，那孩子，我怎麼敢留下來？妳要怪也罷，妳要恨也罷，我實在是為妳著想，無可奈何呀！』

雪如瞪著雪晴，睜圓了雙眼，淚霧迷濛中，什麼都看不清楚。而在滿心滿懷的痛楚裡，瞭解到一個事實，她那苦命的女兒，就在那出生的一天，已注定和她是『生離』，也是『死別』了。她這一生，再也無緣，和那孩子相聚相親了。她咬著嘴唇，吸著氣，冷汗從額上涔涔滾下。孩子，她那連名字都沒有的孩子，就這樣永遠永遠的失去了！她是多麼狠心的娘呀！驀然間，那椎心之痛，使她再也承受不住，她撲進雪晴懷裡，失聲痛哭。

『哭吧！哭吧！』雪晴緊擁著她，也淚落不止。『痛痛快快的哭完一場，回府裡去，什麼痕跡都不能露出來！而今而後，就當那女兒從來不曾存在，妳有的，就是皓禎那個兒子！』

是的，回到府裡，什麼痕跡都不能露出來！她有的，就是皓禎那個兒子！就是皓禎那個兒子！一時間，四面八方，都對她湧來這句話的回音：就是皓禎那個兒子！

2

皓禎十二歲那年，初次跟著王爺去圍場狩獵。

十二歲的皓禎，已經是個身材頎長，面目俊朗的美少年了。自幼，詩書和騎射的教育是並進的。皓禎天賦聰明，記憶力強，又能舉一反三，深得王爺的寵愛。相形之下，僅小半歲的皓祥就顯得遲鈍多了。皓禎不僅書唸得好，他的射箭、騎馬、練功夫、拳腳等武術訓練，也絲毫不差。他的武術師父名叫阿克丹，是個大高個子，力大無窮，看起來兇兇的，不愛說話，那張粗粗黑黑的臉孔上，又是大鬍子，又是濃眉毛，眼睛一瞪，就像兩個銅鈴。這粗線條的阿克丹，卻是王府裡的武功高手。他是個直腸子的人，自從王爺把他分配給了皓禎，他的一顆心，就熱騰騰的撲向皓禎了。看到年紀小小的皓禎，俊眉朗目，身手矯捷，而又能出口成章，他就打心眼裡『敬愛』著他，幾乎是『崇拜』著他的。

皓禎的初次狩獵，是他生命中一件很重要的事。

那天，王爺帶著他和皓祥，以及兩百多個騎射手，做一次小規模的狩獵。主要的目的，就是要兩個兒子實習一下狩獵的緊張氣氛，和獵獲時的刺激與喜悅。那天的圍場有霧，視線不是很清楚。馬隊奔跑了半天，並沒有發現什麼特殊的獵物。因而，他們穿過樹林，到了林外那空漠的大荒原上。

就是在這荒原中，皓禎一眼看到了那隻白狐。

白狐顯然是被馬蹄聲驚動而落了單，牠蟄伏在草叢裡，用一對烏溜滾圓的黑眼珠，受驚嚇的、恐懼而害怕的瞅著皓禎，渾身的白毛都豎了起來，一副『備戰』的樣子。

『嗨！』皓禎興奮的大叫出聲：『有隻狐狸！有隻白狐狸！』

白狐被這樣一叫，撒開四蹄，就對那遼闊無邊的莽莽草原狂奔而去。王爺興奮的一揮馬鞭，大聲喊：

『給我追呀！別讓牠跑掉了！』

馬蹄雜沓，煙塵滾滾。兩百匹馬窮追著一隻小小的白狐狸。皓禎一馬當先，王爺有意要讓皓禎露一手，暗示大家不要射箭。皓禎追著追著，白狐跑著跑著……一度，皓禎已搭上了箭，張弓欲射，但那白狐一回頭，眼睛裡閃爍著哀憐。皓禎頓感渾身一凜，有什麼柔軟的感覺直刺內心深處，不忍之心，竟油然而生。他放下箭來，身邊的阿克丹已按捺不住，吼著說：

『讓我來！』

皓禎急忙回頭，想也沒想，就大聲嚷著：

『咱們捉活的！阿瑪，咱們捉活的！別殺了牠！』

『好好好！』王爺聲如洪鐘，一疊連聲的嚷著：『咱們捉活的！誰也別傷牠！』

『貝勒爺！』阿克丹對皓禎喊著，皓禎是『碩親王府』的長子，蔭封『貝勒』。『貝勒』是爵位的名稱。『既然捉活的，請用獵網！』阿克丹扔過來一捲網罟，網罟上有著梭子形的鉛錘，對腕力是一種很大的考驗。皓禎接過獵網，再度對白狐奔去。王爺帶著大隊人馬，從四面八方包抄過來，阻斷了白狐的去路。

那白狐已無路可走，氣喘吁吁，筋疲力竭了。牠四面察看，眼神驚惶。皓禎再度接近了白狐，手中鉛錘重重擲出，一張網頓時張開，將那隻白狐網了一個正著。

眾騎士歡聲雷動。

『捉到了！捉到了！貝勒爺好身手！好本事！好功夫！捉到了！』

阿克丹已一躍下地，走到白狐身邊，將整隻狐狸，用網網著，拎了起來。

『好！』阿克丹吼著：『這隻白毛畜牲，是大少爺的了！』

王爺騎著馬走過來，笑吟吟的看著那隻白狐。

『嗯，不錯！不錯！這樣一身白毛的狐狸並不多見，』王爺點著頭說：『這身皮毛，用來做衣裳做帽子，一定出色極了！』

『哥哥！』皓祥跟在後面直嚷嚷：『我要一頂帽子！給我給我，我來做頂白毛帽子！』

『這是哥哥的獵物，』王爺對皓祥說：『預備怎麼辦，全由他做主！』

皓禎心頭一動，再定睛去看那白狐。奇怪，這隻狐狸似乎頗通人性，已經瞭解自己的命運，是在皓禎手中，牠一對晶晶亮亮的眼睛，就是瞅著皓禎，轉也不轉。那眼裡，似乎盛載著千言萬語；幾百種祈憐，幾百種哀懇。皓禎深深吸了口氣，覺得胸口熱熱的，脹脹的。那柔軟的感覺，裹住了他的心。

『阿瑪！』他回頭問父親：『真的全由我做主？』

『當然！』

『那麼……』皓禎肯定的說：『我要放了牠！』

『放了牠？』王爺大惑不解：『這是你的獵獲物呀，怎麼要放了牠呢？』

『這是一隻母狐，孤單單的，獵去沒什麼大用。阿瑪以前教訓過：「留母增繁，保護獸源」，說是祖先留下來的規矩！所以，孩兒不敢亂了規矩，決定放牠回歸山林！』

王爺愕然片刻，接著，驕傲和讚許，就充溢在他的胸懷裡，他熱烈的看了皓禎一眼，就大聲說道：

『哈！哈！哈！哈！好極了！好極了！』手一揮：『阿克丹，就照皓禎的意思，放了吧！』

『是！』阿克丹應著，從獵網中拎出白狐。想想不甘心，抓著狐狸大大的尾巴，他拔出腰間匕首，割下一叢狐毛，對皓禎說：『祖先也有規矩，初獵不能空手！』然後，他把狐狸往草地上一放。

白狐在草地上打了個滾，立即一躍而起，渾身一抖，像一陣旋風般的飛奔而去。

皓禎目送著那隻白狐遠去，唇邊不自禁的露出微笑。白狐跑著跑著，居然站住了，慢慢回首，對皓禎凝視了片刻，再掉頭奔去。奔了幾步，牠再度站住，再度回首凝望。皓禎、王爺、阿克丹，和眾騎士都看傻了。狐狸是通人性的呢！大家幾乎有種敬畏的感覺。那白狐一共回首三次，終於消失在廣漠的荒原裡了。

皓禎這次的初獵，就像傳奇故事般在京裡流傳開來。『捉白狐，放白狐』的事，連宮中都盛傳著，皇帝還特別召見了皓禎，賞賜了摺扇一把。皓禎的英勇，皓禎的仁慈，皓禎的智慧……在十二歲時，就已出名了。

對這樣一個兒子，實在是沒有辦法挑剔了。雪如早已認了命，將自己那份失落的母愛，牢牢的繫在皓禎身上了。見皓禎如此『露臉』的初獵歸來，她用那叢白狐狸毛，細心的製成一條穗子，綴在皓禎的隨身玉珮上。

皓禎一直帶著這個玉珮，從不離身。這玉珮是家傳的寶物，上面有著父親的『恩寵』，母親的『愛心』，還有『白狐』留下的紀念品。

3

皓禎二十歲那年，第一次見到了白吟霜。

皓禎身邊有一文一武兩個親信，武的是阿克丹，文的是小寇子。這小寇子才十八、九歲，是從小就淨了身的，換言之，是個小太監。七歲時就跟著皓禎，陪他讀書，伴他遊戲。小寇子聰明伶俐，善解人意，唯一的缺點是愛耍貧嘴，有時，也會因皓禎的寵信而有恃無恐。但，對於皓禎，他和阿克丹一樣，都是全心全意，忠心耿耿的愛戴著。

那天，皓禎帶著小寇子，出了府，換了一身普通的衣服，要去『透透氣』。是的，『透透氣』！二十年來，在王府中學規矩，學武功，學詩書，學字畫，學應對，學琴棋……就不知道怎麼有那麼多學不完的東西，學來學去，幾乎要把人學成了書呆子。於是，每當實在學得厭煩的時候，皓禎就會摘掉寶石頂戴，打扮成平常貴公子的模樣，帶著小寇子出去逛逛街。去天橋看看把式，去茶館喝杯茶，偶爾，也去戲園子聽聽戲。皓禎把自己這種行動，統稱為『透透氣』。

那天，他『透氣』透到了天橋的龍源樓。

龍源樓是家規模挺大的酒樓，平常，是富商巨賈請客宴會之處，出入的人還非常整齊，不像一般小酒樓那樣混雜。所以，皓禎偶爾會來坐坐，喝點兒酒，吃點小菜，看看樓下街道上形形色色的人羣。這天，他才走進酒樓，就覺得眼前一亮，耳中聽到一片絲竹之聲，叮叮咚咚，十分悅耳。他不禁眨了眨眼睛，定睛看去。於是，他看到了一個年若十七、八歲的姑娘，盈盈然的端坐在大廳中，懷抱一把琵琶，正在調弦試音。在姑娘身邊，是個拉胡琴的老者。那姑娘試完了音，抬起頭來，掃視眾人，對大家微微一欠身，用清清脆脆的嗓音說：

『我是白吟霜，這是家父白勝齡，我們父女，為各位佳賓，侍候一段，唱得不好，請多多包涵！』

皓禎無法移動身子，他的眼光，情不自禁的就鎖在這位白吟霜臉上了。烏黑的頭髮，挽了個公主髻，髻上簪著一支珠花的簪子，上面垂著流蘇，她說話時，流蘇就搖搖曳曳的。她有白白淨淨的臉龐，柔柔細細的肌膚。雙眉修長如畫，雙眸閃爍如星。小小的鼻梁下有張小小的嘴，嘴唇薄薄的，嘴角微向上彎，帶著點兒哀愁的笑意。整個面龐細緻清麗，如此脫俗，簡直不沾一絲一毫人間煙火味。她穿著件白底繡花的衫子，白色百褶裙。坐在那兒，端莊高貴，文靜優雅。那麼純純的，嫩嫩的，像一朵含苞的出水芙蓉，纖塵不染。

好一個白吟霜！皓禎心裡喝著采。站在樓梯的欄杆旁，仔細打量，越看就越加眩惑；怎麼，這姑娘好生面熟，難道是前生見過？

吟霜似乎感覺到皓禎在目不轉睛的看她，悄悄抬起睫毛，她對皓禎這兒迅速的看了一眼。皓禎的心臟猛的一跳，如此烏黑晶亮的眸子，閃爍著如此清幽的光芒，怎麼，一定是前生見過！

一陣胡琴前奏過後，吟霜開始唱了起來：

『月兒昏昏，水兒盈盈，
心兒不定，燈兒半明，
風兒不穩，夢兒不寧，
三更殘鼓，一個愁人！

花兒憔悴，魂兒如醉，
酒到眼底，化為珠淚，
不見春至，卻見春回，
非干病酒，瘦了腰圍！

歸人何處，年華虛度，
高樓望斷，遠山遠樹！
不見歸人，只見歸路，
秋水長天，落霞孤鶩！

關山萬里，無由飛渡，
春去冬來，千山落木，
寄語多情，莫成辜負，

願化楊花，隨郎黏住！』

吟霜的歌聲清脆，咬字清晰，一串串歌詞，從喉中源源湧出，像溪流緩緩流過山石，潺潺的，輕柔的。也像細雨輕敲在屋瓦上，叮叮咚咚，是首優美的小詩。至於那歌詞，有些兒幽怨，有些兒纏綿……像春蠶吐出的絲，一縷縷，一絲絲，會將人的心，緊緊纏住。

皓禎從沒有這樣的感覺，府中多的是丫環女侍，還有舞蹈班子、戲班子，從沒有一個姑娘，曾讓皓禎動過心。而現在，僅僅是聽了一首小曲子，怎麼自己竟如此魂不守舍？他來不及分析自己，只見吟霜在一片喝采聲中盈盈起立，手拿一個托盤，在席間討賞。客人們並不踴躍，盤中陸陸續續，落進一些銅板。吟霜走到樓梯角，經過皓禎身邊，皓禎想也沒想，就放進去一錠五兩的銀子。吟霜驀的一驚，慌忙抬頭，和皓禎四目相接了。小寇子趕緊過來，對吟霜示意：

『還不趕快謝過我家少爺！』

被小寇子這樣一嚷，皓禎忽然覺得，自己那錠銀子給得魯莽。彷彿對吟霜是一種褻瀆，一種侮辱。生怕對方把自己看成有錢人家的紈袴子弟。心中一急，額上竟冒出汗來，他急忙對吟霜一彎腰，有些手足失措的說：

『對不起，此曲只應天上有，我能聽到，太意外了！我不知道有沒有更好的方式，來表達這首曲子帶給我的感動……希望妳……希望妳……』他竟舌頭打結起來：『希望妳不認為這是褻瀆……』

吟霜定定看了皓禎兩秒鐘，眼裡有瞭解，有感激，有滄桑，有無奈，有溫柔。她低低說了句：

『我白吟霜自幼和父親賣曲為生，碰到知音，唯有感激。謝謝公子！』

皓禎正要再說什麼，忽然，一個熟悉的聲音，魯莽的、囂張的一路嚷過來：

『那個漂亮的，唱曲子的小姑娘在那兒？』說著，那人已大踏步跨過來，一見到吟霜，就眉開眼笑，立即伸手去拉吟霜的衣袖：『來來來，給我到雅座裡去唱他兩句！』

皓禎眉頭一皺，怒氣往腦袋裡直沖。心想真是寃家路窄！原來，這人也是個小王爺，蔭封『貝子』，名叫多隆，和皓禎在許多王室的聚會裡都見過面。同時，這多隆還是皓祥的酒肉朋友。皓禎和多隆是道不同不相為謀，彼此看彼此都不順眼。現在，眼見多隆對吟霜動手動腳，他就按捺不住。吟霜已閃向一邊，同時，白勝齡攔了過來：

『這位大爺，您要聽曲子，我們就在這兒侍候！』

『什麼話！』多隆掀眉瞪眼的。『到樓上去唱！來，來，來！』他又伸手去拉吟霜的衣袖。

『去啊！快去啊！』多隆的隨從大聲嚷著：『妳可別有眼不識泰山，這是多隆貝子，是個小王爺呀！』

白勝齡再一攔。

『尊駕請自上樓，要聽什麼，儘管吩咐，咱們就在這兒唱！』

多隆伸手，對白勝齡一掌推去，就把那老人給摔出去了。吟霜大驚失色，撲過去喊著：

『爹！爹！你怎樣了？』

皓禎忍無可忍，早忘了出門『透氣』，必須掩飾行藏，否則給王爺知道了，必定遭殃。他衝上前去，一把就扣住了多隆的手腕，厲聲說：

『貴為王公子弟，怎可欺壓良民？你太過分了！』

多隆抬起頭來，一看是皓禎，就跺著腳叫了起來：

『什麼過分不過分，你在這兒做什麼？原來你也看上了這唱曲的小姑娘，是不是呀？沒關係！叫上樓去，咱們兩個，一人分她一半……』

皓禎一拳就揮了上去，正中多隆的下巴，勢道之猛，使多隆整個人都飛了出去，帶翻了好幾張桌子，一時間，杯盤碗碟，唏哩嘩啦的碎了一地。多隆的隨從驚呼起來，湧上前來要幫忙，皓禎拳打腳踢，把阿克丹教的功夫，盡情揮洒，打了個落花流水。店小二、店掌櫃全跑上來，又作揖，又哈腰，叫苦連天：

『別打！別打！大爺們行行好，別砸了我的店呀！』

多隆從地上爬了起來，哼哼唧唧的，嘴角腫了一大塊。對皓禎遠遠的揮拳作勢，嚷著說：

『你給我記牢了，此仇不報非君子！總有一天，我要你栽在我手裡！』

一邊嚷著，他竟然一邊就逃之夭夭了。他的隨從，也跟著跑了個無影無蹤。

皓禎整整衣服，小寇子愁眉苦臉的站在面前。

『這下可好了！』小寇子嚷著：『你出來透氣，透了個這麼大的氣，萬一傳到府裡，你是公子爺，沒關係，我可只有一個腦袋呀！』

『好了，別嚷了！』皓禎推開了小寇子。『天塌下來，還有我頂著呢！』他對吟霜看過去。

吟霜扶著父親，顫巍巍的走了過來，微微屈膝，行了一個禮。

『謝謝公子！』

皓禎還想說什麼，小寇子又拉又扯又跺腳。

『我的少爺，天色不早了，回府去吧！』

皓禎從口袋中，又掏出一錠銀子，給了掌櫃。

『打壞許多東西，對不起。』

『啊呀！』掌櫃喜出望外。『謝謝大爺！您可真是大人大量，好身手，好功夫，又好氣量……』

『成了！』小寇子拍了拍掌櫃的肩。『少說兩句，待人家父女倆好一點，可別為難人家！再遇到這種事兒，要出面保護人家才是！』

機伶的小寇子，把皓禎要說的話都給說了。

『是！是！是！』掌櫃一疊連聲的應著。

小寇子抬頭看皓禎：

『行了吧？這總可以回去了吧！』

皓禎再看了吟霜一眼。此時，吟霜已低眉斂目，把頭垂得低低的，不肯抬起頭來。他只看到她髮際中分的髮線，和那輕輕搖晃的耳墜子。

『後會有期！』

他再說了句，就出門而去了。

4

皓禎就這樣愛上了龍源樓。

一連好些日子，他都在龍源樓度過了他的黃昏。不去坐在樓上的雅座裡，卻去坐在大廳的一角裡。靜靜的喝著酒，聽著吟霜婉轉動人的歌聲。他從不敢要吟霜到桌前來喝一杯，生怕任何邀約都成為了冒犯。從小，嚴肅的家教，讓他深深瞭解，歌台舞榭，皆非自己逗留之地。所以，他悄悄而來，悄悄而去。不對吟霜說什麼，更不曾做什麼，只是聽她唱歌，默默的保護著她。阿克丹和小寇子，總是隨行在側，阿克丹自從知道皓禎在龍源樓打架的事以後，就對皓禎亦步亦趨。對小寇子，阿克丹私下裡是罵了千回百回：

『你帶著貝勒爺，去喝酒鬧事，還因為唱曲的姑娘大打出手，又和那多隆貝子結仇……你是活得不耐煩了，是不是？也不伸手摸一摸，自己脖子上，有幾個腦袋瓜子？那多隆劣跡昭彰，有仇必報，萬一那天給他逮著機會，報這一箭之仇……咱們貝勒爺吃了虧怎麼辦？』

『所以啊，所以，』小寇子笑嘻嘻的：『只好請出師父你老人家來啦！你可別讓貝勒爺吃虧啊！你也知道，我只會耍嘴皮子，可不能動拳腳啊！』

『你會耍嘴皮子，你會說！』阿克丹眼睛一瞪：『就勸貝勒爺再也別去龍源樓！』

『這話──我不說，我不說！』小寇子忙不迭的後退。『要說，你去說！』

阿克丹是要去說，但，他直眉豎目的，才起了一個頭，皓禎就用一種前所未有的溫柔，把他的話給岔開了：

『唉！人各有命！有的人生下來就是榮華富貴，有的人卻要流浪江湖……咱們這些有福的人，要常常去照顧那些不幸的人才好！』

沒辦法。阿克丹雖然口拙，腦袋不笨。跟了皓禎好些日子，看皓禎對吟霜默默含情的那副神態，不禁心中十分著急，卻想不出法子來。暗地裡，他觀察著吟霜。奇怪，這女子從不曾上前來勾搭皓禎，只是，每次都會對皓禎投來深深的一個注視，就自顧自唱著她的歌。她和皓禎，好像一個是純來唱歌的，一個是純來聽歌的，如此而已。

沒辦法。阿克丹雙手抱在胸前，像個鐵塔似的站在皓禎身後。皓禎那麼愛聽歌，他就只好來站崗。

接著，府裡發生了一件大事，這事震動了整個王府，使王爺、福晉、皓禎、皓祥……全忙得暈頭轉向，也使王爺快樂到了極點。原來，皇上降旨，皓禎被皇上看中了，御筆朱批，指婚給了蘭公主，成為未來的駙馬爺。

蘭公主閨名蘭馨，並非皇上親生，原是齊王府的格格，自幼父母雙亡，被皇后帶在身邊，收為義女。皇帝已經年邁，蘭馨承歡膝下，深得皇帝老兒的歡心。因而，宮裡也就『蘭公主，蘭公主』的叫著。當蘭公主逐漸長成，所有親王大臣，都知道蘭公主的『額駙』，是當今最紅的美缺。暗地裡，大家對這位子競爭激烈，也因此，許多適婚的王公子弟，都不曾訂親。而現在，這檔喜事，竟從天而降，難怪王爺，會笑得闔不攏嘴。

『前些日子，皇上分批召見親王子弟，我就覺得是別有用心，又對我重提當年「捉白狐，放白狐」的故事，那時，我就已有預感，果然！這件天大的喜事，是落在咱們皓禎身上了。』王爺說著，竟忘形的把雪如的手緊緊一握：『謝謝妳，謝謝妳給了我這麼好一個兒子！』

雪如的心，『怦』然一跳，胸口緊緊的，眼中熱熱的，說不出是喜是悲。

皓禎在全家的震動中，是最冷靜的一個。他沒有歡喜，也沒有激動。指婚，蘭公主，皇上，額駙……這些名詞離他都很遙遠。從小，他就知道，自己的婚姻是父母的大事，不是自己的大事。所有王室子弟，都要有門當戶對的婚姻，大清國注重血統，嫡出庶出，都有很大差別。他無權對自己的婚姻表示任何意見，也不知道那蘭公主是美是醜。但，他就是無法興奮起來、快樂起來，當府裡又宴賓客又放鞭炮，亂成一團時，他卻有『冠蓋滿京華，斯人獨憔悴』的感覺，簡直有些兒『失落』！

隨著這件喜事的認定，就有一連串忙碌的日子。進宮、謝恩、拜會、宴親友……皓禎一時之間，成了京裡炙手可熱的人物。他像一個傀儡，忙出忙進，忙裡忙外，他有好一陣子，都沒有再去龍源樓。

當他終於能抽出身子，再訪龍源樓時，已是一個月以後的事了。站在那大廳裡，他驚愕的發現，吟霜和她的父親，都不見了！

『哎喲，這位公子！』掌櫃的鞠躬如也，跌腳嘆息。『您怎麼這麼久都沒來？那位吟霜姑娘，真是可憐……』

『怎麼回事？人呢？』皓禎急急追問：『發生什麼事了？不是吩咐了你，要你好好照顧人家嗎？』

『沒辦法呀！』掌櫃的直嘆氣：『我可鬥不過那位多隆貝子呀！』

『多隆貝子！』阿克丹一聲巨吼：『他把人給搶去了嗎？』

『不是！不是！』掌櫃的搖著手，對這個阿克丹實在有些畏懼。『人倒沒搶去，人命倒是逼出來了！』

『什麼？』皓禎腳下一個踉蹌，差點站不穩。『你說什麼？什麼人命？誰的人命？』

『你給我快快說呀！』小寇子往前一衝，抓住了掌櫃胸前的衣服。『少給我賣關子了！到底是怎麼回事？』

『是是是！我說，我說！』掌櫃的掙扎著，嚇得語無倫次。『大概七、八天以前，那多隆貝子又帶了一票人來，進門就嚷嚷著說，這站崗的、護花的都走了，白姑娘輪到他了。一邊說一邊就動手，叫手下的人去搶人，當時，白姑娘抵死不從，又哭又叫。白老爹看女兒要給人搶去，就奮不顧身，撲上去阻攔，對那多隆貝子，又罵又踢，只想搶出白姑娘。可憐的白老爹，已經快七十的人了，怎是多隆貝子的對手，當時，就被多隆狠揍了一頓，又把白老爹一腳從樓上踹到樓下，當場，白老爹就口吐鮮血，不省人事了。這多隆見闖下人命，才帶著人逃走了。但是，白老爹就沒挨過那個晚上，雖然咱們也請了大夫，白老爹還是嚥了氣……』

皓禎聽得傻住了，呆住了，在滿懷的悲憤中，連話都說不出來了。

『然後呢？』小寇子大聲問：『白老爹死了，那白姑娘呢？你給人家落葬了嗎？辦了喪事嗎？報官了嗎？』

『大爺！各位大爺！』掌櫃的哭喪著臉：『你想，咱們是開酒樓啊，要人和為貴啊！這王孫公子，咱們得罪不起啊！再說，有人死在店裡，實在是晦氣啊！本來，請唱曲的姑娘，就圖個熱鬧，早知會出人命，我有十個膽子，也不會留那白姑娘的……』

『你廢話少說！』阿克丹一聲怒喝，把那掌櫃的整個人都拎起來了。『白姑娘現在人在那裡？白老爹葬了還是沒有？快說！』

『我說我說……』掌櫃的拚命作揖打躬：『我實在沒辦法，就把那白老爹就用一扇門板，給抬到郊外的法華寺去暫厝著了，那白姑娘……白姑娘……聽說，每天都跪在天橋那兒，要賣身葬父呢！』

『你……』阿克丹把掌櫃的用力一推，氣壞了。『你居然把他們趕出去了！你還有人心嗎？』

皓禎已無法再追究下去，轉過身子，他大踏步的就往門外衝去。阿克丹慌忙拋下掌櫃的，和小寇子急急追趕過來。三個人也不備車，也不說話，埋著頭往前急走。

然後，皓禎看到吟霜了。

她一身縞素，頭上綁著白孝巾，直挺挺的跪在那兒，素素淨淨的臉上，一點血色也沒有，眼睛裡，一滴淚也沒有。她懷抱一把琵琶，正在那兒悲愴的唱著：

『家迢迢兮天一方，
悲淪落兮傷中腸，
流浪天涯兮涉風霜，
哀親人兮不久長！
樹欲靜兮風不止，
子欲養兮親不待，
舉目無親兮四顧茫茫，

欲訴無言兮我心倉皇！』

皓禎走了過去，站定了。低下頭，看到吟霜面前，地上鋪著張白布，上面寫著：

『吟霜與父親賣唱為生，相依為命，甫回故鄉未幾，卻驟遭變故，父親猝然與世長辭。身無長物，復舉目無親，以致遺體奉厝破廟之中，不得安葬。吟霜心急如焚，過往仁人君子，若能伸出援手，厚葬先父，吟霜願為家奴，終身銜環以報。』

白布上，有過路人丟下的幾枚銅幣，顯然，並沒有真正要幫忙的人。

『吟霜！』皓禎喊了一聲，這是第一次，他喊了她的名字。

吟霜抬起頭來，看到皓禎了。她呆呆的看著他，一句話都沒有說，那對漆黑漆黑的眸子，慢慢的潮濕了。淚，一下子就湧了上來，沿著那蒼白的面頰，迅速的滾落下去了。

他伸手給她，喉嚨啞啞的：

『起來，不要再跪了！也不要再唱了。我，來晚了，對不起！』

她的眼睛閉了閉，重重的噓了口氣。成串成串的淚珠，更加像泉水般湧出，紛紛亂亂的跌落在那身白衣白裙上了。

5

白勝齡入了土，安葬在香山公墓裡。

白吟霜搬進了東城帽兒胡同的一個小四合院裡。

小四合院是小寇子提供的，他的一門遠親，正好有這麼一棟空房子，空著也白空著，就租給了皓禎。房子不大，總共才八間，門窗也顯得破舊了些。但是，一時之間，也找不到更合適，更好的房子了。皓禎雖不十分滿意，也只得將就將就了。好在，這四合院的地理位置非常幽靜，帽兒胡同是典型老百姓住宅區，住在這兒，是再也不用擔心多隆來鬧事了。

從辦喪事，到遷入帽兒胡同，一共只花了三天的時間。速度之快，決定之快，行動之快，都不是皓禎自己所預料的。首先，是白老爹已嚥氣多日，實在不宜再拖下去，入土為安比黃道吉日更重要，所以，阿克丹安排好了墓地，就迅速的安葬了。然後，是吟霜的去留問題，吟霜舉目無親，走投無路，既有多隆的後顧之憂，又有生活上的燃眉之急。皓禎在救人救到底的心情下，無從深思熟慮，知道有這麼一棟房子，就立刻做了決定。

吟霜遷入小四合院，皓禎要阿克丹找人清掃房子，要小寇子去買日用所需，忙得什麼似的，忙完了，看來看去，覺得還有不安，總不能讓吟霜一個人住在這四合院裡。於是，小寇子的三嬸兒常媽搬了進來，奉命照顧吟霜。過了兩天，常媽又找來了香綺丫頭，一起侍候吟霜。

阿克丹冷眼看著這種種安排，實在是不安已極。皓禎剛剛才被『指婚』，是個『額駙』呢！這下子，美其名為『救人』，實在難逃『私築香巢』，『金屋藏嬌』的嫌疑。私下裡，他敲著小寇子的腦袋，咬牙罵著：

『你這個兔崽子，鬼主意怎麼這麼多！又有空房子，又有三嬸兒……現在，弄成這個局面，怎麼收拾？萬一傳到王爺耳朵裡，是怎麼樣也解釋不清的……萬一再傳到宮裡頭去，大家有幾條命來擔待！』

『這可沒辦法！』小寇子振振有辭：『你要怪，就去怪那個無法無天的多隆！咱們一個月沒去龍源樓，白姑娘就鬧了個家破人亡，你沒看到貝勒爺難過成什麼樣子！現在，如果咱們撒手不管，那白姑娘弱不禁風的，誰知道又會落到什麼悲慘的境地！何況……我看咱們的貝勒爺，對白姑娘是動了真感情了……這王孫公子嘛，那一個不是三妻四妾的……就算是額駙，也免不了吧！皇上還有三宮六院、七十二嬪妃呢！所以所以……你不要愁來愁去，儘管對白姑娘好一點，沒錯！』

沒錯？阿克丹頭腦簡單，心眼遠不如小寇子來得多，他不會分析，不會長篇大論，他做事只憑直覺——他的直覺告訴他；這事做得魯莽，可能『錯』大了！

第二個覺得諸般不安的，就是吟霜了。

在葬父之後，吟霜就一心一意，要『報效』皓禎了。她始終沒弄清楚皓禎的身分，連皓禎的名字都不知道。但，看他膽敢和多隆動手，能文能武，出手闊綽，身邊還跟著阿克丹和小寇子，就已猜到他出身於富貴之家。富貴之家是不在乎多一個丫頭的！這樣想著，她就對皓禎虔誠行禮，鄭重說道：

『公子，我這就隨您回府上去當個丫環，今後任勞任怨，終身報効！』

『不行！』阿克丹衝口而出。『妳不能入府！』

吟霜怔了怔。皓禎已急忙接口：

『出錢葬妳爹，純粹為了助人，如果妳認為我是貪圖妳的回報，未免把我看低了！』

吟霜急了。

『雖然你不圖回報，可是我卻不能不報，本就白紙黑字，寫得清清楚楚，我是「賣身葬父」呀！假若你嫌棄我，認為我當丫頭都沒資格，那麼，就讓我去廚房挑水劈柴，做做粗活也可以！』

『不不，妳完全誤解了！』皓禎也急了。『我怎麼會嫌棄妳，實在是我有我的難處呀……坦白跟妳說了吧！我是皇親貴族，阿瑪是碩親王，我本身的爵位是貝勒，名叫皓禎！』

吟霜目瞪口呆，怔怔的看著皓禎。心裡早猜過千次百次，知道他出身不凡，可沒想到，來頭竟這樣大！還沒喘過氣來，小寇子已在一邊插嘴：

『還不止這樣，咱們貝勒爺，上個月才被皇上「指婚」，配給了蘭公主，所以，不久之後，他就是「額駙」了！』

吟霜心中，沒來由的一緊。驚愕之餘，還有份說不出來的惆悵，和說不出來的酸楚。原來，這位英姿煥發的少年，竟是這樣尊貴的身分。她更加自慚形穢了。

『再叫妳明白些吧！』小寇子又接著說：『第一，咱們王府規矩森嚴，不是隨隨便便，說進去就進去了。第二，貝勒爺溜出書房，到龍源樓喝酒打架的事，是絕不能給王爺知道的，這事必須嚴守祕密。第三，妳一身熱孝，戴進門犯忌諱，叫妳除去又不通情理……所以，進府是難，難，難！』

『那……』吟霜慌忙的看看皓禎：『我該怎麼辦呢？我無親無故，走投無路，假若公子……不，貝勒爺要我去自生自滅，我也恭敬不如從命……那，那……』她咬咬嘴唇，眼中充淚了，心中早已千迴百轉。『那……我就拜別公子，自己去了！』她要跪下。

他一把扶住了她。

『妳要去那兒？』

『一把琵琶，一把月琴，再加上爹留下的一把胡琴，天南地北，流浪去了。』

『不！』皓禎心頭熱熱的，聲音啞啞的。『不能讓妳這樣去了！我「無法」讓妳這樣去了！』

於是，有了四合院，有了常媽，有了香綺。

吟霜搖身一變，從落魄江湖的歌女，儼然變成四合院裡的小姐了。常媽慈愛可親，香綺善解人意，吟霜有了伴，心裡不知有多高興。皓禎三天兩天就來一次，談王府，談皓祥，談王爺和福晉，談思想，談看法，談人生……吟霜也談自己，怎樣自幼隨父母走江湖，怎樣挨過許多苦難的歲月，怎樣十歲喪母，和父親相依為命……她的故事，和他的故事，是那麼天壤之別，截然不同的，兩人都聽得津津有味。兩人都情不自禁的，去分擔著對方的苦與樂，去探索著彼此的心靈。

但是，吟霜是很不安的。自己的身分，非主非僕，到底會怎樣呢？皓禎對自己，雖然體貼，卻保持著一定的距離。到底，他是有情，還是無情呢？這種生活，是苟安，還是長久呢？逐漸的，他不來，她生活在期待裡，他來了，她生活在驚喜裡。期待中有著痛楚，驚喜中有著隱憂，她是那樣患得患失，忽喜忽悲了。彈弄著月琴，她最喜歡在燈前酒後，為他唱一首『西江月』：

『彈起了彈起了我的月琴，
唱一首西江月，你且細聽：
寶髻鬆鬆挽就，
鉛華淡淡妝成，
紅煙翠霧罩輕盈，
飛絮遊絲無定。

相見爭如不見，
有情還似無情，
笙歌散後酒微醒，
深院月照人靜！
彈起了彈起了我的月琴，
唱一首西江月，你且細聽！』

他聽著這首歌，深深的凝視著她，長長久久的凝視著她，彷彿她是這世界中，自己唯一能看見的人了。

6

真正把皓禎和吟霜，緊緊拴在一起的，竟是多年以前的那隻白狐。

那天，吟霜看到了皓禎腰間的玉珮，和玉珮下的狐毛穗子，她那麼驚奇，從沒看過用狐狸毛做的穗子！皓禎解下玉珮，給她把玩，告訴了她，那個『捉白狐，放白狐』的故事。吟霜細細的聽，眼睛亮晶晶，閃著無比的溫柔，聽得感動極了。聽完了，她握著玉珮，久久沉思。

『想什麼？』他問。

『想那隻白狐，想當初的那個畫面，那隻狐狸，臨去三回首，牠一定對你充滿了感激之心，說不出口吧！』她抬眼看皓禎：『這白狐狸毛，可不可以分一半給我？』

『妳要這穗子？』皓禎詫異的問：『要穗子做什麼？』

『你別問了！』她笑了笑，很珍惜的握著那叢狐毛。『我就是想要一些狐狸毛。』

『好吧！』皓禎也笑笑說：『不過拆拆弄弄的挺麻煩，就連玉珮放在妳這兒吧，下次來的時候再還給我！』

下一次，他再來的時候，已經隔了好些天。那天，他來的時候，情緒非常低落。因為，府裡出了一件事，有個名叫小蕊的樂女，是內務府選出來，交給翩翩去訓練的。不知怎麼竟給皓祥看上了，皓祥挑逗不成，竟霸王硬上弓，佔了小蕊的便宜。這小蕊也十分節烈，居然跳進湖中尋了自盡。整個府中鬧得雞犬不寧，翩翩隻手遮天，承擔了所有的罪名，遮掩了皓祥逼姦的真相。皓禎明知這整個事件的來龍去脈，卻不得不幫著翩翩遮瞞，以免王爺氣壞身子，更怕家醜外揚。偏偏那皓祥，不但不領情，還對著他大吼大叫，咆哮不已：

『你不要因為你是正出，就來壓我！我一天到晚生活在你的陰影底下，都苦悶得要發瘋了！為什麼你娘是個格格，我娘偏是個回回？為什麼皇上把蘭公主配給你，而不配給我？我苦悶，我太苦悶了，這才找小蕊解解悶，誰知道她那麼想不開！你少訓我，我會做這些事，都因為你！』

怎會這樣呢？皓祥怎會變成這樣呢？這『出生』的事，誰能控制？誰能選擇父母呢？兄弟之間，竟會因正出庶出而積怨難消。王府之中，因有寶石頂戴，而輕易送掉一條人命？他想不通，太想不通了。人，難道真是如此生而不平等，有人命貴，有人命賤嗎？

他就在這種低落的情緒中，來到帽兒胡同，進了小四合院。

誰知道，一院子的冷冷清清，吟霜不見蹤影，常媽迎了出來：

『白姑娘帶著香綺出去了。』

『去那兒了？』他問。

『不知道，沒說。』

『去多久了？』他再問。

『吃過午飯就出去了，已經快兩個時辰了！』

皓禎眉頭一皺，怎麼去了那麼久？能到那裡去呢？他踱進大廳，坐了下來，決定等吟霜。阿克丹見吟霜不在，就催促著說：

『既然人不在，咱們就早點回府吧！這兩天府裡不安靜，怕王爺要找人的時候找不著……』

『要回去你回去！』皓禎對阿克丹一瞪眼。『我要在這兒坐著，我要等吟霜回來！』

阿克丹閉了嘴，不敢說話了。和小寇子退到偏房裡，吹鬍子瞪眼睛的生悶氣。

皓禎這一等，就又等了足足兩個時辰，喝光了三壺茶，踱了幾千步的方步，看了幾百次的天色……，吟霜就是無影無蹤。然後，天色暗了，屋裡掌燈了。接著，窗外就淅淅瀝瀝的下起雨來了。皓禎這一生，還沒有嘗過等待的滋味，看著雨滴沿著屋簷滴落，他又著急，又困惑。吟霜舉目無親，能去什麼地方？會不會冤家路窄，又碰到那個多隆？越想就越急，越急就越沉不住氣……然後，吟霜終於回來了，和香綺兩個，都淋得濕濕的。一聽說皓禎已經等了好久，吟霜就急急的衝進大廳。她的頭髮濕漉漉的，懷裡緊抱著一個藍色的布包袱。

皓禎瞪著她，看到她髮梢淌著水，臉色蒼白，形容憔悴。皓禎一肚子的著急和煩躁，此時，又揉合了一股油然而生的心痛，立刻就爆發了：

『這個家什麼地方沒幫妳打點好？妳說！』他重重的拍了一下桌子。

吟霜驚跳了一下，臉色更白了。

『吃的用的穿的，我哪一樣漏了？就算漏了，妳儘管叫常媽或是香綺出去買，妳自己跑出去做什麼？』他像連珠砲似的，一口氣嚷嚷著：『就算妳非自己去不可，也該早去早回。在外面逗留這麼久，天下雨了也不回來，天黑了也不回來，萬一再遇上壞人，再發生多隆搶人的事件，妳預備怎麼辦？老天不會再給妳一個皓禎來搭救妳的！妳知不知道？明不明白？』

『是！是！』吟霜急切的點著頭，眼裡充滿哀懇之色。『我知道錯了，以後再也不會了！』

『就算妳嫌家裡氣悶，妳要出去逛逛，也最好等我在的時候，有人陪著才好，是不是？何況妳熱孝在身，一身縞素，出了門總是引人注意，最好就待在家裡……有事沒事的，少出門去閒逛，畢竟，現在不是跟著妳爹，在跑江湖呀……』

吟霜聽到這兒，眼淚就滾出來了。站在一邊的香綺，再也忍受不住，衝上前去，就把吟霜懷裡的藍色包袱搶過來，三下兩下的解開了，把一個小小的圓形繡屏，往皓禎手中一送，急急的說：

『小姐和我，是去裱畫店，裱這個繡屏！因為老闆嫌麻煩，不肯裱，小姐跟他好說歹說，求了半天人家才答應。她又不放心把東西留在那兒，硬要盯著人家做！這才等了那麼久，這才淋了雨，到現在才回來！』

皓禎驚訝的看著手中那個繡屏，頓時怔住了。那繡屏上，繡著一隻白色的狐狸，尾巴高揚著，白毛閃閃發光。揚著四蹄，正在奔跑。一面奔跑，一面卻回眸凝視，眼睛烏溜溜的，脈脈含情。皓禎的心臟，『咚』的猛然跳動。白狐！儼然就是當初那隻白狐呀！連身上那毛，都栩栩如生！他驚愕得說不出話來了，抬起頭，香綺又搶著說：

『自從貝勒爺留下了那個玉珮，小姐就好幾個晚上都沒睡覺，你沒瞧見她眼圈都發黑了嗎？人都熬瘦了嗎？她用白狐狸毛，摻和著白絲線，日夜趕工，親手繡了這個繡屏，說是要送給貝勒爺……好不容易繡完了，又趕著去配框……小姐連休息的時間都沒有，那兒還有閒情逸致，出門逛街？』

皓禎凝視著吟霜，吟霜也揚起睫毛，靜靜的瞅著皓禎了。一時間，皓禎只覺得一股熱血，在胸中翻騰澎湃。他看著吟霜那憔悴的面容，那熬了夜的雙眼，那欲訴還休的眼神，那輕輕蠕動的嘴唇……，猝然間，所有的矜持全部瓦解，他放下繡屏，衝了過去，忘形的張開雙臂，把她緊擁入懷，一疊連聲的說：

『吟霜！吟霜！從來沒有一個時刻，我這樣期望自己不是皇族之後，但願是個平凡人，但願能過平凡的日子，這帽兒胡同，這小四合院，就是我的天堂！妳，吟霜，早已緊緊的、緊緊的拴住我這顆心了！』

吟霜緊偎在他懷裡，淚，不受控制的滾滾而下。

乖巧的香綺丫頭，慌忙溜出門去。張羅吃的，張羅薑湯，張羅乾衣服，張羅薰香……小寇子和阿克丹面面相覷，看著窗外夜色已深，聽著雨打芭蕉，不知道今夕何夕？只知道逃不掉的，就是逃不掉。

那夜，皓禎沒有回王府。

在吟霜的臥房中，羅帳低垂，一燈如豆。皓禎擁著吟霜，無法抗拒的吻著她的眉、她的眼，她翹翹的鼻尖，她溫軟的唇，她細膩的頸項，她柔軟的胸房……啊，吟霜，吟霜，心中千迴百轉，激盪著她的名字。啊，吟霜，吟霜，吟霜，懷中軟玉溫存，蠕動著她的青春。皓禎完全忘我了，什麼名譽、地位、公主、王府、顧忌……都離他遠去，什麼都可以丟棄，什麼都可以失去，什麼都可以忘記，什麼都可以割捨……他只要吟霜。吟霜，是生命中的一切，是感情上的一切，是一切中的一切。

他輕輕褪去了她的衣衫，吻，細膩的輾過那一寸一寸的肌膚。忽然間，他楞了楞，手指觸到她右邊後肩上的一個疤痕，一個圓圓的，像花朵似的疤痕，他觸摸著，輕問著：

『這是什麼？』

她伸手摸了摸。

『我娘跟我說，打我出生時就有了。』

『那麼，是個胎記嘍？怎麼有凸出來的胎記？給我看看！』他轉過她的身子，移過燈來，細看她的後肩，嘆為觀止。『妳自己看不見，妳一定不知道，它像朵梅花！』

『是啊，』吟霜害羞的縮了縮身子。『我娘告訴過我，它像一朵梅花。』

『啊！』皓禎放下了燈，再擁住她。『妳肯定是梅花仙子下凡投胎的，所以身上才有這麼一個像烙印似的記號，怪不得妳仙風傲骨，飄逸出塵！原來，妳是下凡的梅花仙子！妳是我的梅花仙子！』說著，他的唇，熱熱的印在那朵『梅花烙』上，輾過每一片花瓣。他誠摯的、熱情的、由衷的喊出聲來：『吟霜，妳是我這一生最深的摯愛，我，永不負妳！』

說完，他們兩個，就纏繞著滾進床去。

是的，吟霜正是二十年前，雪如失落了的女兒。命運之神，揮動著祂那隻無形的手，把這兩個生也該屬於兩個世界，活也該屬於兩個世界，死也該屬於兩個世界的男與女，硬給推進了同一個世界。

7

接著，是一段旋乾轉坤般的日子。皓禎的每一個黎明，都充滿著嶄新的希望，見吟霜！每一個黑夜，都充滿了最美麗的回憶，想吟霜！兩人見面時，是數不清的狂歡，兩人分離時，是剪不斷的相思。這才瞭解，古人為什麼有那麼多的詩詞，寫相愛，寫相憶，寫相思。真是『此情無計可消除，才下眉頭，卻上心頭！』

當然，在這份刻骨之愛裡，也有煎熬，也有痛楚；也有憂慮，也有擔心。皓禎深深明白，這種『金屋藏嬌』的情況，絕非長久之計。如果要一勞永逸，除非把吟霜接進府裡去，讓父母都承認她的身分，雖然吟霜與『夫人』早已絕緣，或者可以有『如夫人』的地位。但是，這也是一種『奢望』

呀！王爺為人耿直，怎會容忍皓禎在王府外，和吟霜這樣的江湖女子，賃屋同居？雪如呢？雪如端莊高雅，平日幾乎足不出戶，又怎能瞭解皓禎這種近乎荒唐的行徑呢？皓禎千思萬想，想來想去想不出辦法。小寇子和阿克丹，見事情演變至這個局面，更是人心惶惶。只怕大難臨頭，誰也拿不出一個主意。至於吟霜，她一聽『入府』二字，就嚇得魂飛魄散，幾千幾萬種直覺，都告訴她，這『王府』不是那麼容易進去，萬一進去了，是福是禍，也難預料！抓著皓禎的手，她苦苦哀求著：

『你就讓我住在帽兒胡同，一切維持現狀！我已經非常非常滿足了！我不在乎名分，不在乎地位，只在乎天長地久！你只要隨時抽空來看我，我就別無所求了！』

吟霜吟霜啊！皓禎痛楚的想著；妳不知道，沒有身分，沒有地位，就沒有『天長地久』呀！能『苟安』於一時，是運氣好，萬一東窗事發，別說『苟安』不成，恐怕想『平安』都做不到呀！

就在這種『既甜蜜，又害怕，既歡喜，又哀愁』的煎熬裡，那個最恐懼的事終於來了！皇上下旨完婚，皓禎與蘭公主的婚期定了；三月十五日晚上。

婚期一定，就是一連串忙碌的日子，整個王府都幾乎翻過來了。重新粉刷油漆房子，安排新房，買家具。大肆整修以外，皓禎要學習禮儀，彩排婚禮種種規矩，去宮裡謝恩，跟著王爺去拜會諸王府，還要隨傳隨到，隨時進宮，陪皇上吃飯下棋聊天。事實上是皇上有諸多『訓勉鼓勵』，必須時時聽訓，瞭解到身為『額駙』的榮寵。當然，皓禎的衣冠鞋帽，隨身物品，幾乎件件打點，全部要煥然一新。僅僅量身、製衣、試裝，就忙得人暈頭轉向。

在這種忙碌裡，皓禎根本就沒有辦法再抽身到帽兒胡同。小寇子銜命來向吟霜報告了幾句，就又匆匆的跑走了。吟霜依門佇立，二月的北京，風寒似刀，院中積雪未融，一片白茫茫的。吟霜的心情，和那冰雪相似，說不出有多冷，說不出有多蒼涼。這才驀然瞭解，無情不似多情苦！天下無情的人有福了！想到婚禮，想到蘭公主，想到洞房花燭夜，想到和她有肌膚之親的皓禎，將和另一個女人有肌膚之親……她知道不該吃醋，不該嫉妒，她也沒有資格吃醋，沒有資格嫉妒，但是，她的心碎了。

距婚禮的日子一天天接近，她每天迎著日昇日落，心裡模糊的想著，婚後的皓禎，可能再也不來帽兒胡同了！說不定，她已經永遠失去皓禎了。這種想法撕痛了她的五臟六腑，她神思恍惚，茶飯不進，整個人形銷骨立。

三月十二日的晚上，吟霜又憑窗而立，神思縹緲。離婚禮只有三天了。此時此刻，皓禎一定忙於試裝，忙於最後的準備工作吧！正想著，小院外忽然傳來馬蹄答答，接著，四合院的門被拍得砰砰作響：

『常媽！香綺！快來開門呀！』

吟霜渾身一凜，心臟狂跳。這聲音，這是皓禎呀！她飛奔出了房門，飛奔穿過院落，比常媽和香綺都快了一步，衝過去拉開門閂，打開大門。

皓禎騎在一匹駿馬上，正停在門口。

『是你？真的是你？』吟霜哽咽的問，已恍如隔世。『你怎麼來了？你怎麼脫得了身？』

皓禎翻身下馬，奔進了四合院。一語不發，就緊緊的攥著吟霜的手，雙眼炯炯，一瞬也不瞬的盯著吟霜。

吟霜深深抽著氣，也一瞬不瞬的回視著皓禎。

兩人對視了好一會兒，皓禎的手用力一拉，吟霜就撲進他懷中去了。他用雙手環抱著她的身子，把頭埋在她的鬢邊，嘴唇貼著她的耳朵，他熱烈的、顫抖的、沙啞的、急促的說：

『吟霜，聽著！我只能停五分鐘，府裡在大宴賓客，我從席間溜了出來，快馬加鞭，趕來見妳一面！我馬上要走，立刻要走！妳聽好，不管我跟誰結婚，我的妻子是妳！我不會忘記妳，不會拋下妳！千言萬語一句話；我永不負妳！妳要相信我、等待我！婚禮之後，我一定要想辦法把妳接入府，咱們的事才是我的終身大事！妳，要為我珍重，為我保重，別辜負我這樣千思萬想，受盡煎熬的一顆心！所以……』他的淚，熱熱的掉落在她髮際，燙疼了她的心。『妳不能再瘦了，不能再憔悴下去，要為我振作，要為我保重呀！』

『是！是！是！』她哭著，抽噎著，淚濕透了他的衣襟。『你這樣趕來，對我說了這樣一番話，我可以咀嚼生生世世了！你放心，我會為你珍重，我一定為你珍重！我等你，等你，等一千年，一萬年都可以！』

馬兒在門口，發出一聲長嘶。

兩人悚然而驚，他推開了她，再深深看了她一看，那眼光，似乎恨不得將她吸進自己的身體裡。

『我走了！』他轉過身，迅速的跳上了馬背。

她追到門口，扶著門，痴痴的看著皓禎。他一拉馬韁，馬兒撒開四蹄，連人帶馬，如飛般的消失在胡同盡處。

香綺、常媽走過來，一左一右的扶持著她。兩人眼中，都蓄滿了淚。

8

三天後的晚上，皓禎和蘭公主完成了婚禮。

滿人有許多規矩，行婚禮在晚上而不在白天。王室的婚禮，更有許多規矩，許多排場。那夜，迎親隊伍真是浩浩蕩蕩，街上擠滿了人看熱鬧。婚禮隊伍蜿蜒了兩里路。皓禎騎馬前行，後面有儀仗隊、宮燈隊、旌旗隊、華蓋隊、宮扇隊、喜字燈籠隊……再後面才是八抬大紅轎子，坐著陪嫁宮女，然後才是公主那乘描金繡鳳的大紅喜轎。她貼身的奶媽崔嬤嬤，帶著七個宮中有福的嬤嬤，扶著轎子緩緩前進。

皓禎滿臉肅穆，面無表情，眼光直視著前方，像個傀儡般向前走著，渾然不知那擠在街邊看熱鬧的人潮中，吟霜和香綺也在其中。吟霜那對熱烈的眸子，如醉如痴的看著那英姿俊朗的皓禎，和那綿延不斷的隊伍，這才更加體會出來，她和皓禎之間，這咫尺天涯，卻有如浩瀚大海，難以飛渡。

當晚，經過了繁複的婚禮程序，皓禎和蘭公主終於被送進了洞房。又經過一番恍恍惚惚的折騰，新娘的頭蓋掀了，合歡酒也喝了，子孫餑餑也吃了……崔嬤嬤帶著眾宮女太監嬤嬤們，終於退出了洞房。

皓禎和他的新娘面對面了。

皓禎凝視著蘭公主，她穿金戴銀，珠圍翠繞，盛妝的臉龐圓圓潤潤，兩道柳葉眉斜掃入鬢，垂著的眼睫毛濃密修長，嘴角掛著個淺淺的笑，一半兒羞澀，一半兒嫵媚。皓禎心裡掠過一陣奇異的感覺，真糟糕！她為什麼不醜一點兒呢？如果她很醜，自己對她的冷落，也就比較有道理一些，但她卻長得這麼天生麗質，儀態萬千。

『請公主與額駙，行「合巹之禮」！』

門外，崔嬤嬤高聲朗誦了一句，接著，一個太監又朗聲說：

『唱「合巹歌」！』

於是，門外檀板聲響，『合卺歌』有板有眼，起伏有致的唱了起來。蘭公主的頭垂得更低，卻用眼角偷偷的瞄了一下皓禎。皓禎開始感到緊張了，手心都冒起汗來。他瞅著蘭公主，知道自己必行這「周公之禮」，逃也逃不掉，賴也賴不掉。他伸出手去，觸摸到了她披著的描金繡鳳紅披風，他知道自己該拉開那個活結褪下披風。但是，剎那間，吟霜那含淚含愁的眸子在他眼前一閃，他的手驟然的縮了回去。

公主震動了一下，有些驚惶的揚起睫毛，飛快的看了他一眼。

他深抽口氣，『合卺歌』已經唱到第二遍了。他再伸出手去。這次，湧到他眼前的，竟是吟霜的胴體，那潔白的肌膚，那軟軟的手臂，和那朵小小的梅花烙。他陡的驚跳了起來，差點從床上跌落地上。這才驀然體會到，如果自己把這『周公之禮』，當成一種『義務』，自己很可能會心有餘而力不足的！

他摔摔頭，摔不掉吟霜。

他閉閉眼，閉不掉吟霜。

他咬咬嘴唇，咬不走吟霜。

他心慌意亂，思潮起伏，每個思潮裡都是吟霜。

公主再度揚起睫毛，悄悄看皓禎，見皓禎那英俊的面龐，越來越蒼白，烏黑的眸子，越來越深黝。雖是三月，他額上竟沁出了汗珠……公主心中一陣憐惜，以為自己懂了。她輕聲的，像蚊子般吐出幾句話來：

『折騰了一天，你累了，我……也累了！不急在一時，先，歇著吧！』

皓禎如釋重負，長長的吐出了一口氣來。

第二夜，王府大宴賓客，皓禎喝得酩酊大醉。

第三夜，王府再宴賓客，皓禎又醉了。

就這樣，連續五夜過去了。

根據滿清王室規矩，公主下嫁，額駙需要另行準備公主房，公主召見時才得入房，平日必須留在自己房內。蘭公主並非正牌公主，皇上體恤碩王府，不曾下令再建公主房。但是，碩王府仍然把南邊最好的一棟房子，名叫『漱芳齋』的，修葺成公主房。五天過去了。公主房內開始傳出一些竊竊私語，這些『私語』，透過崔嬤嬤，透過秦嬤嬤，終於到了福晉雪如的耳裡。

雪如大驚失色。五夜了，居然不曾圓房？這皓禎到底怎麼了？公主如花似玉，長得珠圓玉潤，又有那一點不合皓禎的心意？還是……皓禎年幼，竟不懂這些事情？不不！這太荒謬了！太荒唐了！雪如心急如焚，帶著秦嬤嬤，氣急敗壞的衝進了皓禎的房間。

皓禎正拿著那白狐繡屏，痴痴的發怔。

『皓禎！』雪如開門見山，劈頭就問：『你和公主是怎麼一回事？你真的……不曾圓房嗎？』

秦嬤嬤忙著關門關窗，以防隔牆有耳。

皓禎一怔，抬眼看著雪如。

『你是太緊張呢？還是不懂呢？』雪如急急的問：『那有夜夜都喝醉的道理？你這樣不懂規矩，傳出去怎麼做人呢？蘭公主一肚子委屈，如果進宮去哭訴怎麼辦？你長這麼大個兒，總不會連男女之事，都不開竅吧？你知道，你藐視皇恩，簡直莫名其妙嘛！』

『額娘！』皓禎喊了一聲，滿臉的痛苦，滿眼的無奈。滿身上下，都透露著某種煎熬的痕跡。那張年輕的臉，沒有喜悅，沒有興奮，更沒有新婚燕爾的甜蜜，只有憔悴，只有傷痛。

『怎麼了？』雪如心慌意亂起來。『你有什麼難言之隱嗎？到底是怎麼回事，你說啊！』

『噗通』一聲，皓禎對雪如雙膝點地，跪下了。手中，高高舉著那個白狐繡屏。

『額娘，妳救我！』皓禎嚷著：『只有妳能救我，妳是我的親娘呀！這個繡屏，出於一個女子之手，她的名字叫白吟霜，除非她能進府，否則，我無法和公主圓房！』

雪如目瞪口呆，驚愕得話也說不出來。握著那繡屏，她瞪著那栩栩如生的白狐，簡直手足失措了。

然後，她知道了皓禎和吟霜的整個故事，除了『梅花烙』這個小印記以外，皓禎把什麼都說了。

9

這天晚上，一輛馬車來到了帽兒胡同。

常媽被急促的敲門聲驚動，才打開大門，小寇子已閃身入內，直奔入房：

『白姑娘！白姑娘，我家福晉來了！』

吟霜從椅子裡彈了起來，整張臉孔，驚嚇得慘白慘白。她踉蹌著走到房門口，雪如已扶著秦嬤嬤，走入大廳裡來。吟霜抬眼，恐慌的看了看雪如，就急忙垂下頭去，匍匐於地了。

『吟霜拜見福晉！』她顫抖著說，直覺的感到，大禍臨頭了。皓禎才新婚，福晉怎會親自來帽兒胡同？皓禎說了什麼？老天啊，皓禎到底說了什麼？她伏在地上，頭不敢抬，身子瑟瑟發抖。

雪如看著一身縞素的吟霜，白衣白裳，頭上簪著朵小白花。伏在那兒，只看到聳動的肩膀。她咳了一聲，小寇子早就推過一張椅子來，秦嬤嬤扶著雪如坐下。

『妳給我抬起頭來！』雪如冷冰冰的說。

『是！』吟霜聽出福晉聲音裡的威嚴和冷峻，嚇得更加厲害，微微抬起一點頭，整個臉孔仍然朝著地面。

『我說，抬起頭來！』雪如清晰的說：『看著我！』

吟霜無可奈何了，她被動的抬起頭來，被動的看著面前這個雍容華貴的女子……她的眼光和雪如的眼光接觸了。

雪如心中怦然一跳，多麼美麗的一對眼睛啊！像黑夜裡的兩盞小燈，也像映著湖水裡的兩顆星辰，那樣盈盈如秋水，閃閃如寒星！那臉龐，那鼻梁，那小小的嘴……怎麼如此熟悉。如此似曾相識？她有些錯愕，有些意外，整個人都恍恍惚惚起來。就在恍惚中，身邊的秦嬤嬤發出輕微的一聲驚呼：

『呀！』

『怎麼？』她迅速的抬眼去看秦嬤嬤。

『沒什麼，』秦嬤嬤慌忙搖頭。『這白姑娘，有點兒面善！』她低低的說。

雪如更加怔忡了。再去看吟霜時，她準備了一肚子的話，竟然一句都說不出口。她準備好的一袋銀子，竟也拿不出手。至於那些疾言厲色的訓斥，更不知從何說起。在這等沉默中，吟霜六神無主了。

『福晉！』吟霜顫顫抖抖的開了口：『請原諒我！請妳不要生氣！我很清楚自己的身分地位，從來不敢有任何奢求！我在這兒，只是就近照顧我爹的墳墓，然後以報恩之心，等待貝勒爺偶爾駕臨！此外我再無所求，我絕不會惹麻煩，也不會妨礙任何人，更不會找到府上去！您，您就當我是貝勒爺喜歡的小貓小狗好了，讓我在這兒自生自滅！』

『哼！』雪如好不容易，才『哼』出一聲來：『說什麼小貓小狗，說什麼自生自滅？妳知道嗎？皓禎為了妳，至今未曾和公主圓房，妳這小貓小狗，力量未免也太大了！』

『什麼？』吟霜一驚。『貝勒爺沒和公主圓房？怎會這樣呢？為什麼呢？』她心慌慌的問。滿懷酸酸的痛楚中，卻又有那麼一絲絲甜意。

『為什麼？』雪如瞪著她，『妳告訴我為什麼？』

吟霜蒼白著臉，悽悽惶惶。微張著嘴，不敢接口。

『事情鬧到今天這個地步，妳實在是讓我百般為難呀！』雪如盯著吟霜。『妳說妳不曾妨礙任何人，事實上，妳的存在，已經妨礙了許多人！如果皓禎再執迷不悟，公主怪罪下來，全家都有大禍！妳瞭解嗎？』

吟霜拚命點頭。

『妳年紀輕輕，才貌雙全，』雪如再深抽了口氣，勉強的說著：『為什麼要白白糟蹋呢？妳應該配個好丈夫，做個正室，何必過這種名不正、言不順的日子？假若妳肯離開皓禎，我絕不會讓妳委屈！』

吟霜抬起頭來，定定的看著雪如了。

『我懂了！』她絕望的，悲切的說：『您的意思，是要把我許配他人？要我負了貝勒爺，絕了他的念頭？您不在乎我的感覺，也不在乎貝勒爺嗎？』

雪如一怔。秦嬤嬤忍不住急步上前：

『福晉是為妳著想呀！妳不要敬酒不吃吃罰酒！以妳這等人才，又有福晉在後頭幫妳撐著，總會給妳配個好人家的！這是天上掉下來的一門兒福氣，妳快謝恩吧！』

吟霜點頭，眼中透露出一股決絕的神色，她不住的點著頭，嘴裡喃喃的說著：

『我明白了！妳們的意思我都明白了！福晉既然不能容我，那我只剩一條路可走！要我負皓禎，以絕他的念頭，不如讓我消失，以絕所有後患！』

說完，吟霜站起身來，就如同一隻受傷的野獸般，迅速衝出房門，用盡全力，奔向後院。雪如大驚失色，伸手一攔，那兒攔得住，吟霜已消失在門口。雪如跳起身子，蒼白著臉喊：

『吟霜！妳要做什麼？妳聽我說呀！』

小寇子眼見情況不妙，大喊了一聲：

『不好！她要去投井！』

喊完，他跟著直衝出去，奮力狂奔，追著吟霜。吟霜已奔到井邊，在眾人的狂叫聲中，爬上井邊的護欄，眼看就要躍入井中，小寇子連滾帶爬，衝到護欄底下，奮力一躍，拉住了吟霜的腳。吟霜掙扎著，卻掙扎不過小寇子，手指攀著護欄，死命不放。小寇子使出全力，用力一拉，吟霜終於攀不住，從護欄上滾落到井邊。仆伏在井邊潮濕的泥地上，不禁放聲大慟。

雪如、秦嬤嬤、常媽、香綺全奔了過來，香綺撲上前去，哭著扶起吟霜，痛喊著說：

『吟霜小姐，妳如果有個三長兩短，妳讓貝勒爺怎樣活下去呀？』

雪如站在那兒，目睹了這樣驚險的一幕，聽到香綺這樣一說，再看到又是泥、又是淚的吟霜，她整顆心都絞起來了，絞得全身每根神經都痛了。她喘著氣，一瞬也不瞬的盯著吟霜，淚，就衝進眼眶裡去了。

『妳這孩子，』她開了口，聲音是沙啞的，哽咽的。『不過是和妳商量商量，妳心裡有什麼話，有什麼主意，妳說呀！性子這麼剛烈，出了任何差錯，妳又讓我情何以堪？』

吟霜只是埋著頭哭，小寇子仆伏到雪如面前，跪在那兒，誠摯的、哀求的說：

『福晉！奴才斗膽，獻一個計策，就說白姑娘是我三嬸的乾女兒，自幼失了爹娘，無家可歸，所以是奴才求著福晉，收容她在府裡當個丫頭。然後，等過個一年兩年以後，再說白姑娘給貝勒爺看中了，收為小星，不知這樣做可不可以？』

雪如聽著，此時，實在已經亂了方寸。她看著吟霜，不由自主的，就順著小寇子的話，去問吟霜了：

『這樣做，妳願不願意呢？』

吟霜不相信的抬眼看雪如，就跪在地上，一邊哭著，一邊對雪如磕頭如搗蒜。雪如情不自禁的一彎身，扶住了吟霜，含淚瞅著她：

『只是，孝服必須除了，秦嬤嬤，給她做幾件鮮艷點的衣裳……』她看看跪在一邊的香綺，又長長一嘆：『看樣子，妳身邊這個丫頭，對妳也情深義重的！也罷，既然是王府添丫頭，一個是添，兩個也是添，就說妳們兩個是一對姐妹，給我一起進府來吧！』

香綺大喜過望，忙不迭的磕下頭去：

『香綺謝謝福晉，謝謝小寇子！謝謝秦嬤嬤……』

吟霜含淚仰望著雪如。雪如眼中，盛滿了溫柔，盛滿了憐惜。她心中一動；這眼光，多像她去世的親娘呀！

10

吟霜和香綺，就這樣進了碩親王府。

雪如把東邊一個沒人住的小跨院，稱作『靜思山房』的幾間小屋，暫時讓吟霜和香綺住下。這『靜思山房』的位置比較偏僻，房子也已多年失修，本來，早就要翻建了，只是王府中待修待建的房子實在太多，這小跨院反正空著，也就無人過問了。吟霜和香綺住了進去，小寇子、阿克丹，秦嬤嬤全來幫忙打掃，吟霜挽起頭髮，捲著袖子，也跟大家一起洗洗擦擦，忙得不亦樂乎。幸福的感覺，把她整個人都包裹住了。

皓禎趕來了，再見到吟霜，兩人都覺得，已經分開幾千幾萬年了。皓禎握著吟霜的手，看她除了孝服，用藍布包著頭髮，更有另一種風情，不竟看得痴了。吟霜是千言萬語，簡直不知從何說起。輕輕一跺腳，埋怨的句子，就脫口而出了：

『你怎麼要為了我，而弄得闔府不寧啊！』

『我也知道自己不對，』皓禎急忙說：『但是，我就是沒有辦法，面對著她，老想著妳，我實在是力不從心呀！現在，妳進了府，我的心就定了！或者……』

『別再「或者」了！』吟霜著急的說：『咱們對彼此一往情深，巴望的就是天長地久，你再這樣任性下去，我們的天長地久也會受到阻礙的！現在我入府了，不管是丫頭還是女婢，我可以常常看到你，即使連說話的機會都沒有，我也已經心滿意足了！請你為了我，去做真正的額駙，做公主真正的丈夫！讓不知情的人得著心安，而知情的人，也不再為你耽憂著急……這樣，才能安大家的心，這樣，才是真正愛我，為我著想的一條生路呀！』

皓禎怔怔的看著吟霜。

『可是，我有犯罪感！』

吟霜深抽了一口氣。

『和我在一起，你有犯罪感？』她問。

『不是！和她在一起，我有犯罪感！妳已經先入為主，佔據了我整個心靈，我沒有絲毫空隙，再來容納他人，無論是我的身體，或是我的心靈，都渴望忠於一份感情，難道，這也是錯嗎？』

『你說這話，我太感動了！』吟霜眨著含淚的眸子。『但是，你已經娶了她呀！你被指婚的時候，就已注定了你的身分與地位，難道你違背皇上的旨意，辜負父母的期望……就不是「不忠」嗎？皓禎！皓禎！』她急切的仰著臉，熱烈的低嚷著：『要愛我，先愛她！要親近我，先親近她！請你，求你，拜託你……』

他痴痴的看著那張臉，那閃亮的雙眸，那蠕動的紅唇，驟然間，他俯下頭去，用自己的唇去堵住了她的。

『哼哼！』一聲重重的哼聲，把兩人倏地分開了，兩人抬頭一看，雪如面罩寒霜，已站在兩人面前。『身在王府，可不是帽兒胡同的小四合院！』雪如鄭重而嚴肅的說。『別以為這兒幽靜，沒人來！府裡的丫環、太監、當差的、打更的……都可能闖見！何況還有公主帶來的那一大票人！所以，你們兩個，行動要分外小心！』她看看皓禎，再看看吟霜，實在是無法放心。『從明天開始，吟霜到我房裡來侍候，讓秦嬤嬤教妳一點兒丫頭規矩！』

『是！』吟霜恭敬的應著，知道雪如這番安排，是一種『監視』，一種『隔離』，這樣也好！

『皓禎，你還不走？』雪如跺跺腳。『我已經什麼都依了你，你也該實現對我的承諾，快去吧！』

皓禎再看了吟霜一眼，吟霜眼中，盛滿了囑咐、祈求，似乎在說著先前的那幾句話：『要愛我，先愛她；要親近我，先親近她！』

皓禎嘆了一口長氣，出門去了。

這天晚上，公主房中寶帳低垂，薰爐中，香煙裊裊。皓禎凝視著公主，看到的不是公主，而是吟霜的臉。也罷，且把公主當吟霜！他的心一橫，伸手去輕解公主的羅裳，似乎在解著吟霜的衣釦。公主悄悄的抬起含羞帶怯的睫毛，看到的是一張溫柔的、動情的臉孔；那麼年輕，那麼俊秀，那麼神思縹緲，那麼眉目含情……她曲意承歡，一心一意的奉獻了自己。

11

吟霜就這樣，在福晉房裡當起差來。擦桌椅，洗窗子，燙衣服，做針線，修剪花木，照顧盆栽……她和香綺兩個，真的事無鉅細，都搶著去做。福晉看在眼裡，安慰在心裡。這孩子，倒也勤快，雖然出身江湖，卻沒有絲毫的風塵味，非但沒有，她舉手投足間，還自有那麼一份高貴的氣質。雪如發現，自己是越來越喜歡起吟霜來，看著她在室內輕快的工作，竟然也是一種享受。雪如無法解釋自己的感覺，卻常常對著吟霜的背影，怔怔的發起愣來。

總覺得吟霜似曾相識，但又說不出為什麼。不止她有這感覺，秦嬤嬤也有這感覺。或者，人與人之間，這種感覺，就叫作『投緣』吧！但是，真把這『似曾相識』的原因挑破的，卻是王爺。當王爺初見吟霜，他幾乎沒有注意她。雪如對他說：

『這是新進府的兩個丫頭，是姐妹倆，姐姐叫吟霜，妹妹叫香綺！』

吟霜和香綺跪伏於地，說著秦嬤嬤教過的話：

『奴才叩見王爺！』

王爺揮揮手，對家裡的丫環婢女，實在沒什麼興趣。他心不在焉的說：

『起來！下去吧！』

『是！』

吟霜和香綺磕了頭，雙雙站起，垂著手，低著頭，退出房去。退到了門口，王爺不經意的抬了抬眼，正好和吟霜照了面。王爺一怔，衝口而出：

『站住！』

吟霜嚇了一跳，和香綺都站住了。

『回過頭來！』王爺說。

吟霜和香綺，都回過頭來。

王爺盯著吟霜看了片刻，微微頷首說：

『好了！下去吧！』

兩人如皇恩大赦，慌忙下去了。這兒，王爺定了定神，回頭對雪如輕鬆的一笑，說：

『這個丫頭，乍看之下，有幾分像妳！』

『是嗎？』雪如楞了楞：『會嗎？』

『可別多心啊！』王爺哈哈笑著。『不該拿丫頭和妳相比！不過，她那神韻，和妳初入府時，確有幾分相似！我想，這人與人，也好生奇怪，同樣的眉毛、眼睛、鼻子，怎麼都造不出重複的面孔？老天爺造了太多的人，偶爾，就會造出相似的來了！』

『怪不得，』雪如怔忡的說：『總覺得她看起來面熟，原來如此！也怪不得挺喜歡她的，原來如此！』

雪如不曾往別的方向去想。府裡有太多要操心的事，自從公主下嫁，規矩就多得不得了。皓禎和吟霜，又像個隨時會燃燒起來的火球似的，讓人拋不開，也放不下，提心吊膽。

時間迅速的滑過去，園裡的牡丹花才謝，樹梢的蟬兒就囂張起來了。六月的北京城，已像是仲夏，天氣熱得不得了。

隨著天氣的燠熱，蘭公主的心情也浮躁不已。皓禎已被皇上賜了個『御前行走』的職位，每天要和王爺一起上朝，比以前忙碌得多了。按道理，她和皓禎還是新婚燕爾，應該膩在一塊兒才對。誰知這皓禎非常古板，輕易不來公主房。大概是這『公主』的頭銜太大，把他壓得透不過氣來吧！他在公主面前，總是唯唯諾諾，恭敬有餘，而親熱不足。公主也設身處地，為他想過千次百次，也曾明示暗示，對他說過好多回：

『不管我是什麼身分，嫁了你，我就是你的人了！婚姻美滿，相夫教子，是一個女人最大的幸福！我別無所求，只想做個普通的女人，所以，忘了我是公主吧！讓我們做單純的夫妻吧！』

能說這話，對蘭馨來說，已經實在不容易。自幼，養在深宮，簡直隨心所欲，有求必應，這一生，幾乎沒遇到過挫折，更不瞭解什麼叫失意。誰知嫁到王府來，這個『額駙』卻把她弄得不知所措。那樣的一表人才，怎麼總是不解風情，曾經『捉白狐，放白狐』，應該是個很感性的人呀，怎麼渾身上下，沒有絲毫熱氣？偶然『熱情』時，又像靈魂兒出竅，神遊太虛。這個人到底是怎麼了？蘭公主有一肚子的疑問，苦於問不出口。『公主』的身分，又使她不像一般夫妻那樣方便。要見額駙，必須借崔嬤嬤之口，去傳旨召見。皓禎完全不主動進公主房，她不好意思常常『召見』，何況有時，召也召不來。『喝醉了。』『去都統府了。』『明兒個有早朝。』『已經歇下了。』『去練功夫了！』『去蹓馬了！』……理由千奇百怪，層出不窮。

三個多月過去了，蘭公主身上沒有絲毫喜訊。這樣『清心寡慾』，想要有喜訊也不容易。蘭公主的心情越來越壞，脾氣也越來越暴躁，『公主』的『架式』，就逐漸擺出來了。崔嬤嬤冷眼旁觀，急在心裡，疼在心裡，卻苦於無法幫助蘭馨。

就在六月的一個下午，蘭公主終於發現了吟霜的存在。

午後，崔嬤嬤說，普通人家的媳婦兒都會做些吃的用的，沒事時就給婆婆送去，婆媳之間，可以聊聊天，談談她們兩個共同所喜愛的那個男人。由這種『交流』裡，往往獲益非淺。蘭公主動了心。所以，把宮裡送來的幾碟小點心，讓崔嬤嬤用托盤裝著，她就親自帶著崔嬤嬤，給雪如送來。

事先，她並不曾先通報雪如。

穿過迴廊，繞過水榭，走過月洞門……一路上丫環僕傭紛紛請安問好，她都猛搖手，叫大家不要驚動福晉。才到福晉房間外的迴廊上，就一眼看見皓禎那心腹太監小寇子，正鬼鬼祟祟的走來走去。正好小寇子背對著公主，她就逕自往福晉門口去，本來不曾特別注意。誰知小寇子一回頭，看到了公主，竟然臉色大變。上氣不接下氣的就直衝過來，攔在福晉房門口，『嘣咚』好大一聲給公主跪下，然後就揚著聲音大喊：

『公主吉祥！』

蘭公主不笨，頓時間，疑心大起。崔嬤嬤反應更快，已一把推開了房門。

門內，皓禎和吟霜，慌慌張張的各自跳開。

公主眼尖，已一眼看到，皓禎的手，分明從吟霜面頰上移開。他在撫摸她的臉！公主驚詫得瞪大眼，還來不及反應，吟霜已嚇得魂飛魄散。她猛一抬頭，見公主那瞪得圓圓的眼睛正直直的逼視著自己，更是大驚失色。她踉蹌一退，竟把崔嬤嬤手中的托盤給撞得跌落下來，點心散了一地，托盤也碎了。

『哦！』吟霜驚呼一聲，就撲下去撿碎片。

『大膽！』蘭公主一聲暴喝。憤怒、羞辱、妒嫉、痛楚……各種情緒匯合在一起，像一把大火，從她心中迅速的燃燒起來。『妳是什麼人？說！』

吟霜被公主這一聲暴喝，嚇得全身發抖，這一抖，手中碎片把手指也割破了，血，立刻沁了出來。

『呀！』皓禎驚喊，本能的就要往吟霜處衝去，小寇子連滾帶爬，匍匐進來，攔住了皓禎。

『回公主！』小寇子對公主急急說：『她是新來的丫頭，才進府沒有幾天，什麼規矩也不懂，請公主息怒開恩，不要跟她計較！』

『掌嘴！』崔嬤嬤怒聲接口：『公主沒問你話！你回什麼話？』

『喳！』小寇子響亮的應了一聲，就立刻左右開弓，自己打自己的耳光。

這樣的仗勢，讓吟霜更是驚惶得不知所措，她跪在那兒，只是簌簌發抖，一句話也說不出來。皓禎見小寇子已連續自打了十來個耳光，禁不住大聲的喊：

『小寇子，住手！』

小寇子停了手。

『要打小寇子嗎？』皓禎氣呼呼的說：『打狗也要看主人！小寇子是我的人，誰要動他，就先動我！』

崔嬤嬤一驚，低下頭去，不敢說話了。

公主見這樣，心中更是怒不可遏，她衝上前去，往吟霜面前一站，怒瞪著吟霜，大聲說：

『妳是誰？給我清清楚楚的報上來！』

『我、我、我……』吟霜的臉色慘白，嘴唇發抖。

『大膽！』公主又喝：『什麼「我、我、我！」誰給妳資格在這兒說「我我我」！』

『是是是！』吟霜抖得更厲害。

『什麼「是是是」？』公主恨聲喊。『還有妳說「是是是」的份兒嗎？』

吟霜不知該如何說話了。此時，雪如帶著香綺和秦嬤嬤，快步趕了過來。一見這等狀況，雪如已心知肚明，立刻訓斥著吟霜說：

『糊塗丫頭，已經跟妳說過多少遍了，見著公主，見著王爺，見到我和貝勒爺，都要自稱「奴才」，錯了一點兒規矩，就是大不敬！還不跟公主請罪求饒！』

吟霜顫顫抖抖的對公主磕下頭去。

『奴才……奴才罪該萬死，請公主饒命！』

皓禎臉色鐵青，氣沖沖的想要舉步，小寇子死命攥住了他的衣服下襬，遮攔著他。

『公主！』雪如不慌不忙的說：『這吟霜丫頭，是我屋裡的，才進府不久，還沒訓練好呢！』

『哦？』公主狐疑的看著福晉，又看看臉色陰沉的皓禎，心中七上八下。一個才進府的丫頭？是不是自己太小題大作了？她再定睛看吟霜，好美麗的一張臉，那麼楚楚動人，我見猶憐。她略一沉吟，點了點頭：『原來還沒訓練好規矩，怪不得呢！』她眼波一轉，笑了。聲音變得無比的溫柔：『叫什麼名字呢？』

『奴……奴才叫白吟霜！』這次，吟霜答得迅速。

『白吟霜！』公主唸了一遍，再仔細看了吟霜一眼，就笑著抬眼看雪如：『額娘，您把這吟霜丫頭給了我吧！我看她模樣生得挺好，一股聰明樣兒，就讓我來訓練她吧！我那公主房，丫頭雖然多，還沒有一個有這麼順眼！』

『妳……』雪如一驚，看公主笑臉迎人，一時間，亂了方針，不知要怎樣回答。皓禎已衝口而出：

『妳要她幹嘛？』

吟霜生怕皓禎要說出什麼來，立刻對公主磕下頭去，大聲說：

『奴才謝謝公主恩典！』

公主伸手，親自扶起了吟霜。

『起來吧！』

吟霜不敢起身。雪如見事已至此，已無可奈何。她飛快的看了皓禎一眼，再對吟霜語重心長的說：

『從今天起，妳每天一清早，就去公主房當差！公主這樣抬舉妳，也是妳的一番造化！妳要好生記著，費力的當差，小心的伺候，盡心盡力的叫公主滿意。只要公主喜歡妳，妳就受用不盡了。妳有多大的福命，全看妳的造化，妳的努力了！懂嗎？』

吟霜聽出了雪如的『言外之意』，一種近乎天真的『希望』就在她心頭燃燒了起來，她拚命的點著頭，由衷的、感激的應著：

『奴才懂得了！』

皓禎張嘴欲言，卻不知道還能說什麼，還能做什麼，就這樣眼睜睜看著吟霜，被調到公主房去了。

當晚，皓禎就不請自來，到了公主房。公主在滿腹狐疑中，也有幾分驚喜，幾分期待。皓禎四下看了看，吟霜正在房中，好端端的伺候著茶水，伺候完了，公主就和顏悅色的遣走了她。吟霜低頭離去以前，給了皓禎極盡哀懇的一瞥，這一瞥中，說盡了她的心事：『不可以為了我，得罪公主呀！』

委曲求全。這就是委曲求全。但，『委屈』之後，真能『全』嗎？皓禎凝視著公主，心裡是千不放心，萬不放心。可是，公主那充滿笑意的臉龐上，是那麼高貴，那麼誠懇，那麼溫柔！

『皓禎，』公主坦率的開了口。『今天下午的事，真對不起，看到你對吟霜丫頭動手動腳，我就打翻醋罈子了！我幾乎忘了你是這王府裡的貝勒爺，從小被丫頭們侍候慣了，……現在，我已經想通了，如果你真喜歡這丫頭，我幫你調教著，將來給你收在身邊，好嗎？』

皓禎傻住了。注視著公主，竟不知如何接口是好。

『想想看，就算皇阿瑪，也有個三宮六院呢！』公主繼續說，聲音誠誠懇懇的。『與其你到外面，找些我不認識的人，還不如我在府裡，為你準備幾個人！你瞧，我都想清楚了！你可不要不領情，瞎猜忌我！』

『我、我怎敢瞎猜忌妳呢？』皓禎迎視著公主的眼光，心裡雖然充滿疑惑，嘴裡卻誠誠懇懇的說著：『妳貴為公主，一言九鼎。我們都是皇族之後，也都看多了後宮恩怨。希望在我們的生活中，沒有勾心鬥角這一套！妳坦白對我，我就坦白對妳，那吟霜丫頭，我確實頗有好感，請妳看在我份上，千萬不要為難了她！我對妳，就感激不盡了。』

公主怔了怔，做夢也沒想到，皓禎居然直承對吟霜丫頭，確有『好感』。這種『承認』，使公主心裡刺痛起來。表面上，她還必須維持風度，那有一個公主去和家裡的丫頭爭風吃醋呢？她眼中掠過一絲難以覺察的陰鬱，立刻，她收起了受傷的感覺，勉強的堆出一臉笑意：

『說什麼感激呢？你未免言重了！別說你看中一個丫頭，就是你看中一個格格，我也該為你娶進門來呀！不過，咱們還在新婚，你好歹給我一點面子，等過個一年半載，再提收房納妾的事兒，好不好？』

能說不好嗎？

皓禎畢竟年輕，也畢竟單純。他忽略了人性，也不瞭解一個嫉妒的女人，是怎麼一種人？一個嫉妒再加失意的女人，又是怎樣一種人？當然，他更沒防備公主身邊，還有個厲害的人物——崔嬤嬤。皓禎的幾句『肺腑之言』，就把吟霜打進了萬劫不復的地獄。

12

吟霜從不知道，當丫頭是這麼艱難的事。

一清早，伺候公主洗臉，就伺候了足足一個時辰。原來，公主不用臉盆架，要吟霜當『臉盆架』，崔嬤嬤在一旁『指點』、『調整』臉盆架的高低遠近。吟霜雙手捧著臉盆，跪在公主面前，臉盆一忽兒要高舉過頭，一忽兒要平舉當胸，一忽兒要伸舉向前，一忽兒又要後退三分。這樣，好不容易高低遠近都調整好了，公主慢吞吞的伸手碰了一下水。

『太燙了！』

手一帶，整盆水就翻了吟霜一頭一臉。

『笨貨！』崔嬤嬤嚴厲的喊：『快把地擦乾了，再去打盆水來。』

吟霜匆匆忙忙，再打了一盆水來。

『太冷了！』

水又當頭淋下了。

吟霜知道自己的悲劇已經開始了。但她仍然存著一份天真的想法。公主是太生氣了，在這樣巨大的憤怒中，報復和折磨的行為是難免的。如果自己逆來順受，說不定可以感動公主的心。福晉不是已經暗示得很明白了嗎？自己的未來，是操縱在公主手裡啊！想要和皓禎『天長地久』，這是必付的代價啊！

這樣想著，吟霜就心平氣和的承受著各種折磨。洗臉水在『太熱了』、『太冷了』、『太少了』、『太多了』……各種理由下，打翻一盆又一盆，好不容易，盥洗的工作終於完成了，又輪到侍候早餐。當然，餐桌是用不著了，吟霜舉著托盤。經過前面的折騰，手臂已酸軟無力，雖然拚命忍耐，托盤仍然抖得厲害。碗碟彼此碰撞，鏗然有聲。崔嬤嬤怒聲喝斥道：

『不許動！』

怎能不動呢？於是，整個托盤又被掀翻了。

然後，就輪到沏茶，捧著剛沏出來的、滾燙的青花細磁茶杯，裡面是公主最愛喝的西湖龍井。茶杯才送到公主面前，公主輕輕啜了一口，就生氣的將杯子摔到托盤裡，茶杯翻了，滾燙的熱茶潑了吟霜一手，吟霜慌忙縮手，杯子又打碎了。

『笨！茶沏得太濃了！』

『奴才再去沏！』

吟霜忙著收拾碎片，也顧不得燙傷的手。當然，再沏來的茶又太淡了，再度翻了吟霜一手一身。

然後，吟霜學著燃香爐。這香爐是個精緻的銅麒麟，麒麟的嘴張著，香爐裡點起了香，煙會從麒麟嘴中噴出來。輕煙裊裊，香霧陣陣，充滿詩意，又好看，又好聞。但是，吟霜做這事時，真是膽顫心驚，一點詩意都沒有。把檀香粉撒入香爐中，用火點燃了，再悶出煙霧來，才捧到公主面前，公主惱怒的一推：

『誰說用檀香？我最恨檀香！我要麝香！』

這回，潑到身上的，是帶著火星的香灰。吟霜那件純白繡牡丹的新衣，已經慘不忍睹，又是茶、又是水、又是灰，還有好些個火星燃起的小破洞。

到了晚上，公主叫掌燈。崔嬤嬤拿了兩支蠟燭來，要吟霜雙手，一手舉一支蠟燭。公主坐在臥榻上慢悠悠的看書，燭油就一滴一滴的滴在吟霜手上。不敢喊痛，不敢縮手，連大氣都不敢喘一聲。吟霜一任燭油點點滴滴，燙傷了手，也燙傷了心。香綺再也看不過去，膝行到公主面前：

『公主！請讓奴才代替吟霜姐捧蠟燭！』

『大膽！誰說妳可以進來？』公主大喝了一聲，眼光一轉，看到吟霜滿臉焦急，就嘴角一撇，笑了起來。『也罷，我正嫌燭光不夠亮，既然妳想幫忙，就再拿兩支蠟燭來！』

這樣香綺也捧著蠟燭，一齊當『燭台』了。

從早上折騰到晚上，吟霜早已是披頭散髮，狼狽不堪，公主也累得七葷八素，沒力氣再出新招了。把吟霜叫到面前，緊緊的盯著她，公主坦率的問：

『妳是不是想找機會，到額駙面前去告狀呢？』

吟霜慌忙搖頭。

『奴才……奴才不敢！』

『妳給我聽清楚！』崔嬤嬤在一邊接口：『在這王府裡頭，雖然王爺和福晉是一家之主，但是，大清的規矩，指婚以後，先論皇室的大小，再論家庭的長幼，所以呢，公主才是這個府裡地位最尊貴的人！別說妳只是個丫頭，就算額駙、王爺、福晉，對公主也要禮讓三分！假若公主真的生氣了，府裡所有的人，都不會有好日子過的！』

『奴才、奴才知道了！』吟霜急急的說，知道崔嬤嬤並非虛張聲勢，說的都是實情。如果公主真的豁出去了，恐怕皓禎也要遭殃。這樣一想，她就更加惶恐了。

『妳知道了，妳就想想清楚！』公主說著，眼神凌厲。『只要額駙有一絲一毫的不痛快，我會看著辦的！留妳在府裡，已經是妳的造化！妳可別不知好歹！去胡亂搬弄是非！』

『奴才絕不會搬弄是非，絕不會！』吟霜誠摯的說：『奴才只一心一意的想在公主跟前當差，既然當不好，責打受罰，也是罪有應得，除了慚愧不已，別無二心！』

『這樣就好！』公主哼了一聲：『去梳梳洗洗，弄弄乾淨，別讓額駙看到妳這副鬼樣，還當我欺負了妳！』

『是！』吟霜趕快行禮退下，匆匆忙忙的去梳洗了。

這樣，吟霜見到皓禎時，是一臉的笑，一臉的若無其事，只是拚命把他推出房，不敢『接待』他。皓禎雖然一肚子的狐疑與不安，卻一時間，抓不住任何把柄。事實上，自從吟霜進了公主房，皓禎想見吟霜一面，就已難如登天。再加上皇上最近的差遣特多，這『御前行走』的工作也龐雜而忙碌。每天從朝中退下，已經晚了，再去公主房，不一定見得著吟霜，卻因去了公主房，而必須『歇下』，這才是另一種折磨。尤其，不知吟霜會怎麼想？

一連好幾天，真正知道吟霜備受苦難折磨的，只有香綺。這小丫頭反正跟著吟霜，吟霜受折磨時，她總是沉不住氣，要上前『替罪』，公主以為她們是親姐妹，見這樣的『姐妹情深』，心裡也不是滋味。折磨一個和折磨一雙差不了多少，香綺就也跟著遭殃。

這天下午，阿克丹和小寇子都沒跟皓禎上朝，因為已有王爺身邊的侍衛們隨行。兩人就坐在王府的『武館』中喝茶，一面悄聲談著吟霜，兩人都非常耽憂。這『武館』是『諳達』們休息練功，訓練武術的地方，一向是丫頭們的禁地。『諳達』就是滿人『師父』的意思。兩人正談著談著，忽然看見一個小丫頭，飛奔著闖進武館，嘴裡亂七八糟的、氣極敗壞的大叫著：

『阿克丹！阿克丹！救命呀！……阿克丹……』

阿克丹和小寇子都跳了起來，定睛一看，來人是香綺。香綺髮絲凌亂，面色慘白，汗流浹背，已跑得上氣不接下氣。

小寇子驚愕的問：

『香綺！妳怎麼來了？』

『快去救吟霜姐呀！』香綺緊張的喊，眼淚已滾滾而下。『公主在對她用刑呀！』

『用刑？』阿克丹大眼圓睜，濃眉一豎：『什麼叫用刑？怎麼用刑？』

『先跪鐵鍊，吟霜姐已經吃不消了！現在，現在……現在叫傳夾棍，要夾吟霜姐的手指呀……』

『夾棍？』小寇子不相信的問。『公主要對白姑娘用私刑嗎？』

『可惡！』阿克丹一聲暴吼，拔腿就往公主房狂奔。

小寇子沒命的去抱住阿克丹，急急的喊著：

『冷靜冷靜！公主房不能硬闖呀！咱們去稟告福晉吧！你不要去呀！不行不行呀……』

阿克丹一腳踹開了小寇子，怒吼著說：

『等你這樣慢慢搞，白姑娘全身的骨頭都被拆光了！貝勒爺又不在府裡，我不去誰去？我豁出去了！』

阿克丹一面喊著，已一面衝往公主房。小寇子眼見攔不住，拉著香綺就直奔福晉房。

在公主房的天井中，吟霜十個手指，都上了夾棍，痛得汗如雨下。她呻吟著，哀喚著，顫聲的求饒著：

『饒了奴才吧！求求妳，我再也受不了了！請妳，再給我機會，讓我努力的去做好……』

『妳到現在還不明白嗎？』公主恨恨的說：『妳怎麼做都做不好，妳真正的錯，是不該存在，更不該進入王府！』公主看著行刑的太監們：『給我收！』

夾棍一陣緊收，吟霜十個手指，全都僵硬挺直，痛楚從手指蔓延到全身，她忍不住，發出淒厲的哀嚎：

『啊……』

就在此時，公主房的房門，被一腳踹開了，阿克丹巨大的身形，像一陣旋風般捲進，在宮女、太監、侍衛們的驚呼聲中，他挨著誰，就摔開誰，一路殺進重圍。直殺到吟霜身邊，他抓起了兩個行刑的太監，就直扔了出去，兩個小太監跌成一團，哇哇大叫。

在這等混亂中，公主早嚇得花容失色。崔嬤嬤飛快的攔在公主面前，用身子緊緊遮著公主，慌張的喊著：

『快保護公主呀！有刺客呀！有刺客呀……』

阿克丹三下兩下，就卸掉了吟霜手上的夾棍，吟霜身子一軟，坐在地上，把雙手縮在懷裡，站都站不起來。阿克丹一轉頭，直眉豎目的看了公主一眼，就對公主直挺挺的跪下，硬幫幫的磕了一個頭。

『奴才不是刺客，奴才名叫阿克丹，是府裡的諳達，負責武術教習的！』阿克丹洪亮有力的說著，雙手握著夾棍向前一伸，『嘩啦』一聲用力拉開：『奴才願意代白姑娘用刑，懇請公主恩准！』

蘭公主睜大了眼睛，不敢置信的瞪著阿克丹，在飽受驚嚇，又大感意外之餘，簡直連話都說不出來了。

此時，雪如一手扶著香綺，一手扶著小寇子，後面跟著秦嬤嬤，顫巍巍的趕來了。宮女、侍衛、太監、丫頭們全忙不迭的屈膝請安，一路喊了過去：

『福晉萬福！』

公主還沒緩過氣來，雪如已經站在她面前了。

『公主請息怒！』雪如喘著氣，直視著公主。那份『福晉』的尊貴，就自然而然的流露出來，壓迫著公主了。『這阿克丹在府中三代當諳達，是王爺的左右手。皓禎六歲起，就交給阿克丹調教，皓禎視他，如兄友一般。此人性格直爽，脾氣暴躁，凡事直來直往，想什麼就幹什麼。今天得罪了公主，固然是罪該萬死，但，請看在王爺和皓禎的份上，網開一面！要怎麼處罰，就交給我辦吧！不知公主，給不給我這個面子？』

公主心中一慌。面前站著的，畢竟不是吟霜或奴才，這是皓禎的親娘呢！是自己的『婆婆』呢！她勉強的噓了口氣，輕聲的說：

『額娘言重了！』

『那麼承情之至！』雪如立刻接口：『這吟霜丫頭，我也一併帶走了！』

『這……』公主嘴一張，身子往前一衝，想要阻止。

『沒想到這吟霜丫頭，如此蠢笨！』雪如不給她開口的機會，就面罩寒霜，十分威嚴的說：『居然把公主氣得對她用夾棍！她原是我房裡的丫頭，沒調教好，也是我房裡出的差錯！我不能再讓她在公主面前，頻頻出錯，惹公主生氣！丟我的臉！所以，我帶回去調教了！』說著，她就一抬頭，嚴厲的說：『秦嬤嬤，妳還不給我把吟霜帶下去！阿克丹！你還不「跪安」，杵在這兒幹嘛？』

秦嬤嬤響亮的應了一聲『是』，急忙上前去攙扶起吟霜。而阿克丹，更加響亮的『喳』了一聲，就磕下頭去。

『好了！不打擾公主！咱們告退了！』雪如說著，彎身行禮，帶著吟霜、秦嬤嬤、阿克丹、小寇子、香綺等人，就浩浩蕩蕩的離去了。

公主眼睜睜的看著雪如把人給救走，她只是睜大眼睛，拚命吸著氣，腦子裡一團紊亂，簡直理不出一點頭緒來。怎麼？一個新進門的丫頭，竟有皓禎垂憐，阿克丹捨命相護，還有福晉出面救人！她怎有這種能耐？她到底是誰？到底來自何處？有什麼背景身世呢？

13

吟霜被帶到福晉房裡。

雪如注視著遍體鱗傷的吟霜，幾乎不相信自己的眼睛。捲起吟霜的衣袖、褲管，她迫不及待的去檢查她身上的傷痕，片片瘀紫，點點燙傷，處處紅腫……還有那已迅速腫起的十根手指頭！雪如心裡，像有根繩子重重一抽，抽得五臟六腑都痛楚起來。怎會發生這樣的事？那公主，好歹出身皇室，自幼也是詩書薰陶，受深閨女訓，自然該懂三從四德，怎麼出手如此狠毒？雪如一面一疊連聲叫秦嬤嬤和丫頭們拿金創藥、拿定神丹、拿熱水、拿棉花……一面捧著吟霜的手，就不住的吹氣。水捧來了，藥也拿來了，雪如又親自為她洗手擦藥。嘴裡不由自主的，疼惜的低喊著：

『這個樣子，也不知道有沒有傷筋動骨，要不要傳大夫？秦嬤嬤，妳看，要不要傳大夫呀？』

『不要不要，千萬不要！』吟霜急切的喊著。『我的手指都能動，身上也只是些皮肉小傷，千萬不要傳大夫，如果給貝勒爺知道了，會鬧得不可開交的！』吟霜說著，就拚命活動著手指頭，給雪如看。

雪如心裡一驚，吟霜說的確實有理，這事必須瞞過皓禎，否則後果不堪想像。她緊緊的凝視著吟霜，這冰雪聰明、蘭質蕙心的女孩兒，即使出身在江湖百姓家，卻賽過名門閨秀！

『吟霜啊！』她忍不住激動的說：『我太難過了！我應該多護著妳一些的！不說是為了皓禎的緣故，單講我心裡頭對妳的感覺吧！已經從認可，到了喜愛與疼惜的程度，說什麼我都有責任要保護妳呀！』

吟霜聽得又感動又感激，看著福晉，心裡熱烘烘的。

『可我做了什麼呢？』雪如自責的繼續說：『我總以為公主是有身分有地位的人，不會對妳做出太離譜的事來，這才把妳交給了公主，沒料到她竟會下手如此狠毒！想想看，萬一我湊巧不在府中，妳和阿克丹，只怕都已成刀下亡魂！這，想來我就毛骨悚然了！』

『您不要自責吧！』吟霜急急接口，惶然得不知所措了。『是我太不爭氣，太沒有用嘛！以致公主恨我入骨，跟我形同水火，落到現在這個地步，驚動了您的大駕！您居然親自為我出頭，冒險得罪公主，不顧婆媳失和……我真不知道憑什麼得您如此眷顧，如此愛護？又憑什麼讓大家都捨身為我，聯手護我？我……我……』她說著說著，淚珠已奪眶而出。『我太感動了！我真的太感動了！』

『聽我說！』雪如心疼的把吟霜擁入了懷中。『妳的苦難到今天為止！從今兒起，我一肩扛下來了，在我心底，妳就是我的媳婦兒了！我再也不讓妳去公主房！公主要怪罪，就讓她怪罪我吧！』

聽到雪如這句『在我心底，妳就是我的媳婦兒了！』吟霜又驚又喜，整顆心就像一張鼓滿風的帆，飄向那浩瀚的、溫柔的大海裡去了。那份喜悅和滿足正如同大海中的潮水，滾滾湧至，把手指上的傷痛，身體上的折磨，都給淹沒沖刷得無影無蹤了。

這天晚上，皓禎興沖沖的來到了『靜思山房』。小寇子、阿克丹緊跟在他身後，拎著食籃，裡面又是酒，又是菜，又是各種精美小點心。

『吟霜！』皓禎笑著去抓吟霜的手，吟霜輕輕一閃，他只抓到她的衣袖。『我娘告訴我，她又把妳從公主房要了回來。太好了！把妳放在公主身邊，我真是千不放心、萬不放心，要見一面，比登天還難！害我這些日子，過得亂七八糟！現在，好了！妳又回到靜思山房，我們一定要好好慶祝一下！來來來！來喝酒！』

他又要去抓她的手，她再度輕輕閃開。微笑著說：

『別拉拉扯扯的，喝酒就喝酒嘛！』

『怎麼？』他一怔：『幾天不見，妳憔悴了不少！身體不舒服嗎？受了涼嗎？』

『那有？』她急急接口，喊香綺、喊小寇子、喊阿克丹。『來啊！咱們把酒菜擺起來，讓我侍候貝勒爺喝一杯！』她慌忙去提食籃，擺餐桌。但，那腫脹的手指實在不聽使喚，一壺酒差點沒掉到地下去。香綺和小寇子都奔上前來，拿碗的拿碗，拿壺的拿壺。

好不容易坐下了。皓禎看著吟霜，儘管憔悴消瘦，那眉尖眼底，卻滿是春風呀！他未飲先醉，斟滿了杯子，就連乾了三杯。酒一下肚，心潮更加澎湃。這樣的夜，已經好久都沒有了。窗外月光把柳樹的枝枝椏椏投射在窗紗上搖搖曳曳。窗內，燭光照著吟霜的翦水雙瞳，閃閃爍爍。他深深的啜了一口酒，趁著酒意，醺醺然的說：

『吟霜！我想聽妳彈琴！』

『彈琴？』香綺正斟著酒，酒杯砰然落在桌上。『不可以！不可以……』

『彈琴？』小寇子正幫皓禎佈著菜，筷子嘩啦掉落地。『彈什麼琴？彈什麼琴？』

在門口把風的阿克丹也衝進了室內。

『不能彈琴！』他氣呼呼的，直截了當的喊：『貝勒爺可以走了，改天再來！』

『怎麼了？』皓禎狐疑的看著眾人。『我很想聽吟霜彈琴，你們一個個是中了邪嗎？吟霜！』他看著她：『我最喜歡妳彈那首西江月，以前在帽兒胡同，咱們每次喝了酒，妳就彈著唱著……自從妳進府，那種日子，反而變得好遙遠了……』

吟霜站起身子，轉身就去拿了琴來。

『那麼，我就再為你彈一次！』

『小姐！』香綺驚呼：『妳不要逞能吧！』

『貝勒爺！』小寇子對皓禎又哈腰又請安：『福晉交代，你不能在這兒久留，請回房吧！』

『是！』阿克丹大聲接口：『早走為妙！』

『什麼早走為妙？』皓禎生氣了，對大家一瞪眼：『整個府裡，沒有一個人瞭解我，沒有一個人體會我的心嗎？此時此刻，你們就是用一百匹馬，也休想把我拖出這靜思山房……』

『叮叮咚咚』一陣琴弦撥動，琴聲如珠落玉盤，清清脆脆的響了起來，打斷了皓禎的怒吼。滿屋子的人，都靜默無聲了，每個人的眼光，都落在吟霜身上。

吟霜撥著弦，十根手指，每個指尖都痛得鑽心。她含淚微笑，面色越來越白，額頭沁出汗珠。琴聲一陣撩亂，連連撥錯了好幾個音，額上的冷汗，就大顆大顆的跌落在琴弦上。

香綺撲過去，把吟霜一把抱住，哭著喊：

『不要彈了！不要彈了！』

皓禎震動極了，愕然的瞪著吟霜，然後，他一個箭步衝上前來，拉開了香綺，直撲向吟霜。把吟霜正往懷裡藏去的雙手，用力的強拉出來，然後，他就大大一震，整個人都呆住了。吟霜那雙手，已經不是『手』了。十根手指，全腫得像十根紅蘿蔔，彼此都無法闔攏。藥漬和瘀血，遍佈全手，斑斑點點。而那十個指甲，全部變為瘀紫。

『吟霜！』好半晌，他才沙啞的痛喊出來：『妳發生了什麼事？』他的目光，銳利而狂怒的掃過香綺、小寇子、阿克丹。『你們一個個，這樣隱瞞我，欺騙我！你們都知道她受了傷，才一直催我走，阻止她彈琴，但是你們沒有一個人要告訴我真相！』他咆哮著：『你們好狠的心！你們氣死我了！』

『噗通』一聲，小寇子跪了下去：

『是福晉的命令，咱們不能不瞞呀！』

『我明白了！我都明白了！』皓禎臉色鐵青，兩眼瞪得像銅鈴，裡面冒著燃燒般的火焰。『怪不得額娘會把吟霜討回來！原來如此！這手指是什麼東西弄的？夾棍嗎？是夾棍嗎？』他大聲問，不等回答，他猝然抓住吟霜的手腕，把她的衣袖往上一捋，露出了她那傷痕累累的胳臂。

皓禎死死看著這胳臂，好半晌，不動也不說話。然後，他用力雙手握拳，砰的一聲捶向牆去，嘴裡發出野獸受傷般的一聲狂嗥：

『啊……』

這聲狂叫把全體的人都震撼住了。吟霜噙著滿眼淚，哀懇的瞅著皓禎，不知如何是好。

『妳弄得這樣傷痕累累，卻叫我完全蒙在鼓裡！』他大叫出聲：『妳不是浪跡街頭，無依無靠的白吟霜，妳是身在王府，有我倚靠的白吟霜！妳卻弄成這個樣子！今天就當我是嚥下最後一口氣，無法保護妳！那也應該還有阿克丹，沒有他還有小寇子，還有香綺……』他一個個指過去，眼中噴著火：『就算大家統統死絕，無以為繼了，還上有皇天，下有后土呀！』他一腳踹開了腳邊的一張凳子，厲聲大喊：『香綺！』

『貝勒爺！』香綺跪在地上，哭著，簌簌發抖。

『妳給我一個一個說清楚，這每個傷痕，是從那兒來的？』

於是，這天深夜，整個公主房都騷動了。

皓禎氣勢洶洶的來了，一路把太監侍衛們全給擋開，殺氣騰騰，長驅直入。

公主還沒有入睡。白天的事，仍縈繞腦際。吟霜被福晉救走了，自己儘管貴為公主，卻拿福晉無可奈何。公主恨在心頭，氣在心頭，卻完全失去了主張。連計策多端的崔嬤嬤，也亂了方寸。蘭馨這一生，珠圍翠繞，享不盡的榮華富貴，雖然自幼驕寵，但也讀過四書五經，學過琴棋書畫。在嫁到王府來以前，她就聽過皓禎的故事，對自己的婚姻，充滿了遐思綺想。嫁進來以後，見皓禎果然是個文武雙全的翩翩佳公子，自己這顆心也就熱烘烘的，連同自己那白璧無瑕的身子，一起奉獻給皓禎了。這種『奉獻』，對她來說，是『完完整整』的，是『纖塵不染』的，也是『毫無保留』的。但是，這樣的『奉獻』，卻換得了什麼？在不知道有吟霜此人時，她還能自我排解，把皓禎的冷淡解釋為『不解風情』。發現吟霜的存在，她才真是挨了狠狠一棒，原來皓禎身上也有熱情，這熱情的對象竟是府裡的一個丫頭！她在嫉妒以外，有更深更重的受傷，她的身分被侵犯了，自尊被傷害了，連尊嚴都被剝奪了。

『她不過是個丫頭呀！』蘭馨對崔嬤嬤不住口的問：『怎麼有這麼大的魔力呢？如果我連個丫頭都鬥不過，我還當什麼公主呢？我的臉往哪兒擱呢？』

『公主別急，公主別生氣，』崔嬤嬤一疊連聲說：『咱們再想辦法！』

『人都被福晉帶走了，咱們還有什麼辦法？』

『辦法總是有的，妳還有皇阿瑪呢！』

『妳糊塗！』公主一跺腳。『這閨閣中的事，也能去跟皇阿瑪講嗎？要丟臉，在王府裡丟就夠了，難道還要丟到皇宮裡去？』

『是是是！』崔嬤嬤連忙應著，又轉過語氣來安慰公主：『我看那吟霜丫頭，弱不禁風的，是個福薄的相，那有公主這樣高貴！想那額駙，對吟霜丫頭，頂多是有些心動罷了，不可能認真的！這男人嘛，總是風流些，等他知道妳在生氣以後，他衡量衡量輕重，也會想明白的！妳別慌，他一定會來賠罪的！妳瞧吧！』

崔嬤嬤話未說完，皓禎確實來了。他一路乒乒乓乓，見人推人，見東西推東西，聲勢驚人的直闖進來。崔嬤嬤大吃一驚，才攔過去，已被皓禎一聲怒吼喝退：

『妳退下去！我有話要和公主說！』

他三步兩步，衝到公主面前。橫眉豎目，眼中閃耀著熊熊怒火，咬牙切齒的開了口：

『我統統知道了！關於妳虐待吟霜的種種陰毒手段，我統統知道了！妳的所做所為令人髮指，令人不齒！我簡直難以置信，天底下居然有妳這種惡毒的女人，而這個女人正是我的妻子，如此無品無德，妳已經不只令妳的丈夫蒙羞，也令整個皇家宗室蒙羞！』

公主踉蹌一退，臉都氣白了，身子都發抖了。

『你……你瘋了？膽敢這樣子教訓我！她不過是個丫頭，我要打要罵，都任憑我！而我是公主，是皇上指給你、名正言順的妻子呀！』公主顫聲說。

『對！論名分、論地位，妳是天，她是地！可是論人格，講性情的話，她是天，妳是地！』

『住口住口！』蘭馨受不了了，大聲叫著說：『你和她到底是什麼關係？你這樣處處護著她？今天你母親、你身邊的人全現形了，你也原形畢露！你說你說，她到底是從那裡跑來的賤人？』

『不許妳這麼罵她！』皓禎狂怒的大吼了一聲。『妳要知道她是我的什麼人嗎？我就老實告訴妳吧！她是我心之所牽、魂之所繫，是我這一生最重要的一個女人！』

公主像被一個閃電擊中，臉色慘白，眼睛瞪得大大的。

『你說什麼?』她不相信的問。

『對!』皓禎豁出去了，一字一句，清晰而有力的說:『她是我的女人!是我所愛的女人!如果妳能容納她，我和妳那婚姻還有一絲絲希望，偏偏妳不能容納她，這樣百般欺負她，妳不是置她於死地，妳根本是置我於死地!』他站在她面前，眼睛直勾勾的瞪著她:『妳聽明白!妳再想想清楚!妳儘可高高在上，當妳的公主，放她一馬!井水不犯河水，過妳的榮華富貴，太平日子!如果妳不肯，定要除之而後快，妳就把我一起除掉吧!』

公主又驚又怒，又痛又恨，睜大了眼，激動萬分的喊了出來:

『你威脅我?你這樣子威脅我?為了那個女人，你居然半夜三更闖進來，對我極盡羞辱之能事!』她抽著氣，淚珠奪眶而出。『皇阿瑪被你騙了!什麼智勇雙全，什麼才高八斗，全是假的!假的!假的!假的……』她一口氣喊了幾十個『假的』，喉嚨都喊啞了，淚珠如雨般滾落:『皇阿瑪誤了我!我把什麼都給了你，現在已經收不回來……皇阿瑪!』她抬頭向天:『你誤了我!』

這句『皇阿瑪，你誤了我!』使皓禎一震，看到蘭馨那盛妝的面龐，已經淚痕狼藉，心中也掠過了某種愴惻之情。他閉了閉眼睛，深抽了口氣，啞聲說:

『這種王室的指婚，向來由不得人，是誤了妳，也誤了我!如果妳我都沒有那種勇氣在一開始就拒絕錯誤，但求妳我都能有某種智慧，來解今日的死結！否則，這個悲劇，不知要演到何年何月……』

他長嘆一聲，掉頭走了。

蘭馨公主，無助的哭倒在那刻著鴛鴦戲水，刻著雙鳳比翼的雕花大床上，淚水濕透了繡著百子圖的紅緞被面。

14

第二天一清早，蘭公主就帶著崔嬤嬤、宮女、太監們一大隊人，浩浩蕩蕩的回宮了。

這件事再也瞞不住王爺了。事實上，公主回宮這個突發狀況，已使整個王府全亂成了一團。王爺在大廳裡背著手，走來走去，又驚又急又氣。雪如、皓禎、小寇子、阿克丹全被叫齊不說，浩祥和翩翩也來了。皓祥見著皓禎就氣極敗壞的喊：

『你是不是想害死我們一家子啊？為一個丫頭去得罪公主？你瘋了？還是腦子有問題？』

皓禎和皓祥實在不對路，兩人誰看誰都不順眼。

『我和公主，是我自己的事，與你無關！』皓禎氣呼呼的說：『我一人做事一人當！』

『你一人當？』皓祥尖聲說：『你講些什麼外國話？公主如果生氣了，皇上如果怪罪下來，阿瑪、額娘、我，那一個逃得掉？什麼叫「連坐」，什麼叫牽連「九族」，你懂不懂？你成天「御前行走」，走來走去，連大清王法你都走丟了？』

翩翩見王爺臉色鐵青，不住伸手去拉皓祥。

『好了好了，』她悄聲說：『有你阿瑪在，你就少說兩句吧！』

皓祥掙開了翩翩，忍不住怒瞪了翩翩一眼。就是這樣！每次自己說話翩翩都要攔！全因為翩翩懦弱，自己這『庶出』的兒子就永無出頭之日！

『不要吵了！不要吵了！』王爺大聲一吼，已知道事情的關鍵人物，是新進府不久的丫頭白吟霜，就一疊連聲叫帶吟霜。

吟霜和香綺匆匆的趕來了，連衣服都來不及換。吟霜自從入府後，在人前不敢穿白色衣服，但人後總是換上素服，以盡孝思。現在倉促趕來，身上仍穿著件月白色的衣裳，只有襟上繡了幾隻蝴蝶，一條月白色的裙子，只有邊緣綴著幾朵小花。臉上幾乎未施脂粉，頭上挽著鬆鬆的髮髻，插著一支竹製的簪子。看來十分素雅端莊，那樣荊釵布裙，仍然有遮掩不住的美麗。她腳步蹌踉的帶著香綺走進大廳，乍見一屋子人，心臟就咚然一聲，往地底沉去。皓禎夜鬧公主房，公主負氣回宮的事，她已有耳聞，如今見王爺滿面凝霜，雪如滿眼倉皇，她感到『大禍已至』，而自己正是『罪魁禍首』，雙腿一軟，就對王爺跪下了，香綺也慌忙跪下，雙雙匍匐於地。

『吟霜和妹子香綺，叩見王爺福晉。』她囁嚅著。

『抬起頭來！』王爺命令著。

吟霜被動的抬起頭，怯怯的瞅著王爺。

王爺眉心微微一皺，他記得這張臉孔，他記得這對眼睛，他更記得這種清靈飄逸的美。

『妳是小寇子引進府的，對吧？』

『喳！』小寇子響亮的答了一聲，生怕吟霜答出漏洞來。『她是我三嬸的乾女兒，無爹無娘，只有姐妹兩個，所以介紹入府，在福晉跟前當差！』

『哼！』王爺瞪了小寇子一眼，還來不及說什麼，皓祥已毛毛躁躁的插進嘴來。

『阿瑪，這小寇子仗著哥哥寵他，專門不做好事，咱們府裡根本不缺人手，莫名其妙弄個人進來，明眼人一看就知！當丫頭是幌子，向主子獻美人才是真的吧？』

吟霜聽皓祥說得如此難聽，本來就已玉容慘澹，此時，臉色就更加蒼白了。

『你別無的亂放矢！』皓禎氣壞了，忍不住對皓祥吼去。

『事實不容狡辯！你和公主還在新婚燕爾，就迷上一個丫頭！你有公主還不知足，還要貪戀美色來禍及全家！你難道不知道紅顏禍水嗎？』

皓禎忍無可忍，撲上去就給了皓祥一拳。

翩翩驚叫，滿屋人都變色了，王爺不禁大怒，對皓禎怒吼著說：

『你反了？為了這個女子，你要和全世界為敵嗎？』

『如果我必須與全世界為敵，我就只好和全世界宣戰！』皓禎挺著背脊，朗聲宣告，兩眼炯炯然的注視著王爺：『阿瑪，額娘，我現在正式向全家宣布，吟霜不再是府裡的丫頭，我早已把她收房了，所以，她是我的妻妾！就像側福晉是你的妻妾一樣！全家如果再有任何人對她不禮貌，我不會善罷甘休的！本來我要給吟霜一個儀式，事已至此，也不用儀式了……』他走過去，拉住皓祥的衣服，指指吟霜：『你看清楚，從今以後，她等於是你的嫂嫂！』

『嫂嫂？』皓祥怪叫著，去看王爺：『阿瑪，你就由著他胡來嗎？』

『我怎麼胡來了？納個妾就叫胡來？如果阿瑪不曾納妾，你如何存在？』

『你……』皓祥氣得發抖，握著拳想揮向皓禎。

『住口！住口！』王爺大吼著，瞪視著皓禎：『王孫公子，娶幾房妻妾，也是人之常情，但是，沒有一個像你這樣，鬧得滿城風雨，全家不寧！如果我再不說你幾句，你簡直要無法無天了……』

吟霜眼見大廳中，兄弟、父子都吼成了一團，自己跪在那兒，真不知道該如何自處。從沒料到，自己和皓禎的兒女私情，會弄到王府大廳來公然討論，那份尷尬和難堪，更是兜心而起。再聽到皓禎為了維護她，幾乎什麼禮貌規矩都不顧了，她就又著急又感動。此時此刻，各種複雜的情緒，像幾千幾萬股奔流，翻翻滾滾的湧上心頭，她再也無法控制自己，匍匐著，往前跪行了兩步，對王爺磕下頭去：

『王爺！所有的罪過，都是奴才不好！鬧得這樣闔府不寧，上下憂心，奴才當真罪該萬死……請王爺息怒，不要怪罪貝勒爺，奴才但憑王爺處置發落……』

吟霜話未說完，只覺得眼前一黑，頓時天旋地轉，人就昏過去了。

皓禎大驚，奔上前去，忘形的就抱起了吟霜，只見吟霜面色慘白，雙目緊闔，氣若遊絲，不禁心中大痛。他抬眼看著父親，急切而痛楚的喊了出來：

『你知道嗎？她這些日子，受虐待、受酷刑、受責備，還要受公審、受屈辱……她只是一個弱女子……你們怎麼容不了她？怎麼沒有絲毫惻隱之心呢……』

王爺怔著，不知怎的，心裡也亂糟糟的，對那吟霜，竟生出某種酸楚的憐惜。而雪如，已跳起身子，一疊連聲的喊：

『傳大夫！快傳大夫！』

大夫來了。

在吟霜那靜思山房裡，大夫為吟霜把了脈，察看了瞳仁、氣色，再問了香綺幾個問題，大夫就笑吟吟的出了臥房，對雪如和皓禎拱手為禮：

『恭喜福晉，恭喜貝勒爺，這位少夫人沒有大礙，她有喜了！』

有喜了？有喜了？有喜了！

雪如和皓禎面面相覷。

『有喜了？』福晉凝視著皓禎：『有喜了？這表示，碩親王府，後繼有人了？真的？真的？』

皓禎狂喜的轉頭看大夫：

『你確定嗎？』

『確定確定，大約兩個月左右，』他掐指一算：『明年春天，小小王爺就要出世了！』

皓禎和雪如再度驚喜的互視。忽然間，雪如心裡的耽憂，全都迎刃而解。吟霜有了身孕！這件天大的『喜訊』，就是公主，也沒奈何了。在那個時代，『傳宗接代』是人生最大的事！有了『身孕』，不止保住了地位，還會抬高身分。雪如深深吸了口氣，頓時笑逐顏開，轉頭急呼：

『秦嬤嬤，快把吟霜遷到上房裡去！』

『不能遷，不能遷，』秦嬤嬤急忙說：『有了身孕，不能隨便搬遷，怕動了胎氣！』

『那，』雪如急急說：『豈不委屈了吟霜？也罷，快去我房裡，把上好的絲被棉褥枕頭都抱來，再挑幾個能幹的丫頭和嬤嬤，送過來侍候吟霜！』

『是！』秦嬤嬤喜悅的請了個安，掉頭就走：『我立刻去辦！』

雪如太歡喜了。她緊緊的握了一下皓禎的手，急急的說：

『你在這兒陪著吟霜，看她缺什麼、要什麼，儘管吩咐秦嬤嬤去辦！好好安慰安慰她，教她切莫再傷心難過，有喜了，就什麼問題都解決了！可要好好保養身子，珍惜這個小生命！我呢，我這就去向你阿瑪報喜！』

當王爺聽到這消息時，那種又驚又喜的表情，就再度證實了雪如的看法。不孝有三無後為大！尤其王室對『子嗣』的重視，真是賽過一切！第三代即將來臨，王爺怎能不喜上眉梢。

『有喜了?有喜了?哈!』他搖著雪如:『咱們豈不是要當爺爺奶奶了?』他臉色一正:『傳話下去,從今天起,下人們要改口稱呼吟霜「白姨太」,再不能吟霜吟霜的叫了!』

『是!我這就傳話下去!』

一時間,王府裡忙忙碌碌。一向冷僻的『靜思山房』頓成熱鬧場所,丫頭僕婦,送湯送水,煎藥端茶,戶為之穿,恭喜之聲不絕於耳。阿克丹、小寇子都成了熱門人物,連香綺也成了巴結奉承的對象。這個『喜訊』,峯迴路轉,竟把吟霜的悲劇轉過來了。

在吟霜床邊,皓禎握著她的手,就別說有多麼興奮了。他吻著吟霜受傷的十個手指,一個個吻過去,每吻一下,就說一句『天長地久』。吟霜噙著淚,帶著笑,被他弄得神魂皆醉。

『以後,妳要改口稱我爹為阿瑪,稱呼我娘為額娘了!』皓禎深情的凝視著她:『妳總算名分已定!』

『我……真的可以?』吟霜仍然像做夢一般,不敢相信。『整個王府都會接受我?承認我?我是白姨太?我終於成為你的侍妾;白姨太?』

『別那麼一股受寵若驚的樣子!我不能讓妳成為夫人,已經夠心痛了!真恨自己,不能給妳更多!』

『我還求什麼呢?』吟霜熱淚盈眶，激動的說:『能和你朝夕相處，又懷了你的孩子……』她撫著自己的肚子，充滿了感情的看著皓禎:『突然間，最美好的事都降臨在我的頭上，我已經太滿足，太快樂了!』

兩人彼此一擁，說不盡的濃情蜜意。但，驀然間，吟霜的害怕和耽憂又襲上心頭，眼中再度佈上了烏雲。

『可是，』她顫慄的說:『公主已經去宮裡告狀了，萬一皇上怪罪下來，萬一公主又不肯饒我……』

『噓……』皓禎伸出一個手指，壓在吟霜唇上。『現在妳唯一要做的事，就是把身子養好，以外的全體交給我吧!我現在充滿了信心和勇氣，即使面對皇上，我也心懷坦蕩!』

吟霜的耽憂並非『過慮』，第二天下了朝，皓禎這『御前行走』就被召進了皇上的御花園。

『皓禎，你怎麼要這樣辜負我呢?』

『皇上聖明!』皓禎用一種『勇者無懼』的神情，坦然的對皇上『推心置腹』起來:『臣與蘭馨公主，閨房失和，弄得皇上要親自過問，實在是辜負天恩，罪該萬死!但是，男女間的事，是人生最最無法勉強的事，我對蘭馨抱愧之至！至於牽涉進來的另一個女子白吟霜，與我發生感情，早在婚禮之前。雖然她明知我的婚姻不能自主，將來她毫無名分可言，然而，她全然不計較，她的一片真心痴情，強烈到可以為臣粉身碎骨。這樣一個女人，無法不令臣刻骨銘心。如果「情有獨鍾」也是一種罪過，我只有以待罪之身，聽憑發落！』

皇上怔住了。注視著皓禎，那麼慷慨陳辭，坦然無懼！皇上實在喜愛這個年輕人。

『你這樣說，是根本不準備接納蘭馨了？』

『臣不敢！只要蘭馨不過問吟霜，臣與蘭馨，仍是夫妻！我保證相敬如賓！只怕蘭馨不容吟霜，這才會鬧得舉家不寧，驚動聖駕！』

『唔！』皇上沉吟著，心裡已全然明白，蘭馨是打翻醋罈子了。那皇上三宮六院，年輕時，尚有數不清的風流韻事。此時，見皓禎俊眉朗目，英姿颯颯，不禁想起自己年輕時代來。想著想著，就無法對皓禎疾言厲色了。『唔！』他再哼了一聲。『今天，我就姑且原諒你，不過，你自己要有個分寸，你畢竟是額駙，不可讓蘭馨過分冷落！我不聽你那套什麼「情有獨鍾」，只希望你能「處處周全」，這閨閣之中，本就比國家大事還難處理！你好自為之！下次蘭馨再哭回家門，我定不饒你！』

『是！』皓禎鬆了好大一口氣，沒料到皇上這樣輕易放行。而且，吟霜之事，既已面稟皇上，就更加『妾身分明』了！他喜出望外，恭敬的應著：『臣謹遵聖諭，謝皇上寬宏大量，不罰之恩！』

皇上不罰，吟霜有喜，碩親王府裡，更是一片喜氣洋洋了。王爺和福晉，去到那兒，臉上都是笑吟吟的。只有皓祥，鬱悶到了極點，對翩翩掀眉瞪眼，氣呼呼的說：

『真奇怪，這皓禎怎麼處處搶先我一步！比我早出世，襲了貝勒爵位！比我早結婚，得到額駙身分！連娶姨太太，都比我早一步！現在，又早一步要生兒子了！老天，我為什麼那麼倒楣呢！我為什麼就該是「第二」呢？太沒天理了！太沒天理了！』

15

當蘭馨公主，結束了她的歸寧，回到王府來，才發現吟霜的身分，已有一百八十度的轉變。

『白姨太？』公主驚愕的挑著眉毛，瞪大了眼睛，『她已被正式收房？成了白姨太？而且，她懷孕了！她居然懷孕了！』她把手中一個茶杯，哐啷一聲擲於地：『皓禎，他欺我太甚！』

崔嬤嬤急忙過來，又給她拍背，又給她撫胸口。嘴裡喃喃叫著『不氣，不氣！』公主一把攥住崔嬤嬤，十分無助、十分悲痛的問：

『為什麼？為什麼這白吟霜有這麼大的力量？能夠旋乾轉坤？我是公主啊，我怎麼就鬥不過她？王府裡，人人向著她，都沒人向著我！這也罷了，怎麼皇阿瑪也不為我做主，反而訓了我一頓，要我有容人氣度，要我寬宏大量……這明明就是叫我和吟霜平起平坐嘛！現在，她居然懷了孕！我看，早晚我會被她壓下去！怎麼會這樣嘛？現在我又該怎麼辦嘛？』

公主說著，滿臉的悲切與茫然。崔嬤嬤見公主如此，真是又疼又憐又惜，卻苦於無法安慰。此時，宮女小玉，在打掃砸碎的茶杯，跪在地上細心的撿拾碎片。一面撿著，一面忍不住插嘴說：

『公主，奴才聽到府裡的丫頭嬤嬤侍衛們，傳來傳去，說了好多關於白姨太的事，不知道該說還是不該說？』

公主一怔，瞪著小玉。

『說！』她的注意力被吸引了。

『是這樣的，』小玉怯怯的開了口，壓低了聲音：『大家都說，那東跨院，也就是靜思山房，自從白姑娘住進來以後，就常常看到白色的人影飄來飄去。這白姑娘姓白，名字叫「吟霜」，好像都和「白」字有關。據說，那白姑娘還繡了一個繡屏給額駙，繡屏上是隻白狐狸。公主一定知道額駙小時候，捉白狐、放白狐的事……所以，大家都說，這白姨太不是人，是……』她四面看看，生怕那『白』什麼的會『無所不在』，聲音更低了：『是……是「大仙」哩！』

那是一個盛行鬼狐之說的年代。人們相信鬼，相信神，最奇怪的事，是相信『狐狸』會變成『大仙』。

『大仙？』公主脫口驚呼，不禁渾身打了個寒噤。『她是大仙？』

『別胡說！』崔嬤嬤忙接口，叱罵著小玉：『那是民間小老百姓才去相信的！這王府裡面，上有公主，下有王爺福晉，都是福厚高貴之命，那些牛鬼蛇神，怎能近身？別在這兒捕風捉影，妖言惑眾了！』

『喳！』小玉忙叩頭，想退下去。

『不忙！』公主回過神來，急聲喊：『妳還聽到什麼，都說出來！』

『喳！』小玉又應著，四面張望了一下。『還聽說，這白姨太就是當日放生的白狐，化成人形，要來「送子報恩」！』

『送子報恩？』公主失聲重複了一句。

『是啊！要不，才進府沒多久，就從丫頭搖身一變，成了白姨太，不是太神通廣大了？這會兒，又有了喜，大家說，大家說……』

『說什麼？』公主大聲問。

『說白姨太，一定會生個兒子！』

公主腿一軟，跌坐在椅子上。眼光直勾勾的瞪視著牆上的一幅畫，視線並沒有停在畫上，而是穿過了畫，透過了牆，落在遙遠的，不知名的地方。那兒有曠野，有草原，有皓禎，有白狐……白狐一步一回首，烏黑的眼珠，正是吟霜的眼珠……

小玉退下了。

崔嬤嬤見公主神思恍惚，目光遲滯，心中就慌了。這蘭馨公主是崔嬤嬤從小帶大的，身分是主僕，感情卻賽過母女。她急忙忙去倒了杯水來，給公主喝了，見公主仍是神不守舍，就拉著她的胳臂，搖了搖她，急急的說：

『妳千萬不要聽信這些謠言，妳想想看，那白吟霜怎會是大仙呢？如果她是大仙，先前咱們整她的時候，也不見她施展什麼本領啊！水淋她，針扎她，蠟油燙她，夾棍夾她……她何必乖乖受罪，盡可以做法呀！是不是？』

公主怔忡的想了想，面色灰敗。

『但是，她還是贏了，不是嗎？我拿她一點兒轍都沒有，不是嗎？』

『不不！還有辦法的！』崔嬤嬤長長一嘆。『現在，只好放開白吟霜，也放下妳公主的身段，用盡工夫，去挽回額駙的心！』

『挽回？』公主茫然的眨著大眼。『我甚至好懷疑，我曾經擁有過他的心嗎？如果根本不曾擁有，現在又談什麼挽回呢？』

『快別說這樣喪氣話！妳是正室，她是偏房，妳的出身是公主，她的出身是丫頭，如果妳也有了孩子，這「正出」和「庶出」，距離就大了！所以，當務之急，是也要懷孕才好！』

『懷孕？懷孕？』公主臉色一沉，眼光陰暗，悲憤的喊出來：『懷孕是一個人就能懷的嗎？人家好歹是有了，我呢？早先尚未撕破臉的時候，閨房中就已經是推三阻四，勉勉強強的了，現在可好，一切都挑明了，人家更是專房之寵了……我怎麼懷孕啊？』公主說著，羞憤和委屈一齊掩上心頭，蒙著臉就哭了。

『不傷心，不傷心！』崔嬤嬤拍著公主：『咱們等機會，等機會，只要機會來了，說不定旋乾轉坤的，就是咱們了！』

公主看看崔嬤嬤，心中充滿了苦澀、難堪、羞惱、和無助。

『天啊！』她喊著：『我怎麼會落到這個地步？跟一個丫頭爭丈夫，還要等機會！我怎麼會淪落到這種地步呢？』

崔嬤嬤心痛極了。

『等著瞧吧！』她低低咕噥著：『總有一天，會給咱們逮著機會的！路還遠著呢！等著瞧吧！』

機會真的來了！而且來得太出人意外。這個『機會』，把整個王府，又都震動得天下大亂了。

這天，已是八月十四，中秋節的前一天。在碩親王府中每年到了這個日子，府中會大宴賓客，王府中的戲班子、舞蹈班子都登台演出。府中有身分的女眷，也都能坐在台下，和賓客們一起享受聽戲的快樂，是個闔府同歡的日子。當然，男賓和女眷是要分開坐的，中間用屏風隔開。

這晚，吟霜初次以『如夫人』的身分，被雪如帶在身邊，參加了這場盛會。坐在台下，她穿著新縫製的紅色衣裳，梳著婦人頭，髮髻上簪著珍珠鑲翠的髮飾，容光煥發，明眸似水，真是美麗極了。公主雖坐在她的上位，也是珠圍翠繞，前呼後擁，但是，不知怎的，她就覺得自己被吟霜給比下去了。尤其吟霜臉上，綻放著那樣幸福和安詳的光彩，簡直讓人又妬又恨！

吟霜見到了公主，倒是惴惴不安，必恭必敬的，又請安又屈膝，也不敢入座。被雪如再三吩咐『坐下』，這才側著身子，小心翼翼的坐在最下方。公主恨在心頭，臉上卻不得不堆著笑意，一來維持風度，二來要示惠給皓禎，真是幾千幾萬個『無可奈何』！

台上，一場熱鬧的孫悟空大鬧天宮才鬧完，孫猴子和眾武生一連串漂亮的觔斗雲翻下了場，台下賓客們大聲叫好，掌聲雷動。下面要換戲碼，客人和女眷們都乘機走動走動，添茶添水。就在此時，戲園外，侍衛大聲的唱著名：

『多隆貝子駕到！』

皓禎嚇了一跳，霍然站起。隔著屏風的吟霜，已驚得花容失色，手中的一個茶杯，差點掉落地，茶水竟洒了一身，香綺慌忙上來擦拭。公主詫異的看著吟霜，不知她何以如此失態。還沒轉過神來，皓祥竟領著多隆，走到屏風這面來了，皓祥以討好的聲調，朗聲報著：

『啓稟公主，多隆貝子求見，跟公主請安！』

公主眉頭一皺，正要揮手說不必，卻一眼看到吟霜直跳起來，臉色大變，身子往香綺背後躲去。公主疑心頓起，立刻轉了語氣：

『進來吧！』

多隆跨了進來。他和公主，原是嫡親的表兄妹。當初如果不是皓禎鋒芒畢露，雀屏中選，這『額駙』的地位，也很可能落在他身上的。他走了過來，對公主甩袖子，跪下，磕頭。

『臣多隆，叩見公主！』

『起來吧！』

『謝公主恩典！』

多隆站起身來，抬頭一看。吟霜避無可避，用袖子往臉上遮去。同時，皓禎帶著阿克丹和小寇子，也急急的繞到屏風這面來了。

『請多隆貝子，到這邊來入座！』小寇子大聲說：『別驚擾了公主！』

『有什麼驚擾不驚擾的！』公主看到小寇子就有氣。『多隆是自家表兄弟，不必見外，就在這兒入座吧！』

『謝公主恩典！謝公主恩典！』多隆大喜過望，一疊連聲的說著。已有小太監端過一張凳子來，多隆就側身坐下，喜孜孜的東張西望。

吟霜這一下急壞了，真恨不得有個地洞可以鑽。王爺好不容易承認了自己，但卻從不知自己曾行走江湖，酒樓賣唱。她真不敢想，萬一穿幫，會怎麼樣？

『吟霜！』公主的聲音冷冷的響了起來：『妳擋著我了！妳不坐下，站在那兒做什麼？』

『是！是！』吟霜輕哼著。遮遮掩掩的往回坐。

吟霜？多隆大吃一驚，定睛對吟霜看去。皓禎已一步跨上前來，伸手搭在多隆手腕上：

『雖是親戚，男女有別！請到這邊坐！』

怎的？公主已經『賜坐』，你這額駙還不給面子？多隆心中有氣，再抬眼看那『吟霜』，這一下子，什麼都明白了！他跳了起來，直視著吟霜，怪叫著嚷開了：

『吟霜！白吟霜，原來妳已經進了碩親王府！妳害我找遍了北京城！』

『放肆！』阿克丹直衝上前，伸出巨靈之掌，就要去抓多隆。『白姨太的閨名，豈可亂叫，跟我出去！』

『你才放肆！』公主一拍桌子，站起身來。這阿克丹好大狗膽，上次殺入公主院中，現在又直闖女眷席。公主本是冰雪聰明，現在，已料到這多隆和吟霜之間，定有隱情，心中就莫名的興奮起來。跨前一步，她指著阿克丹，聲色俱厲的大聲說：『這是反了嗎？膽敢在我面前如此張狂！來人，給我把侍衛統統叫來！看誰還敢輕舉妄動！』她抬眼看多隆，沉聲說：『多隆，你不要害怕，儘管告訴我，你可認得吟霜嗎？』

多隆得到公主的『鼓勵』，更是得意忘形，和皓禎的新仇舊恨，正可以一起總算！於是，他在福晉面前，在趕過來一看究竟的王爺面前，在皓禎及吟霜面前，他就呼天搶地的喊開了：

『這吟霜原是我的人呀！她在龍源樓唱曲兒的時候，已經跟了我了，我還來不及安排她進家門，她就失蹤了！原來，是被皓禎搶了去……』他直問到吟霜面前：『吟霜，妳怎可這樣朝秦暮楚，得新忘舊！』

吟霜面色雪白，嘴唇簌簌發抖，又驚又氣之餘，一句話都說不出來。皓禎怒吼了一句：

『多隆！你血口噴人！無中生有！我跟你拚了！』

公主往前一攔。

『事關王府名聲，非同小可！』公主轉頭去看王爺，眼光銳利如刀。『阿瑪，你能不聞不問嗎？你要被欺瞞到幾時呢？』

王爺已震驚到了極點，也惱怒到了極點。

『立刻給我把吟霜帶上樓去，你們一個個……』他指著皓禎、小寇子、阿克丹、多隆：『全跟我來！』

於是，連夜之間，王爺和公主，在王府『懷遠樓』的一間祕室中，夜審吟霜。

樓上，樓下，都排排站著公主的侍衛，把房間團團包圍著，氣氛森嚴。

崔嬤嬤不聲不響的站在房門口，靠著牆邊，一雙眼光卻銳利的投射在吟霜身上。

雪如帶著秦嬤嬤，站在房門的另一邊，雪如心急如焚，她雖知道吟霜的出身，但對多隆的『指控』，仍然嚇得心神大亂。出於對吟霜的喜愛，更出於那份本能的信任，她不相信多隆的話。但是，多隆把吟霜的身分拆穿了，雪如也難逃『欺瞞』的責任！何況，這多隆言之鑿鑿，字字句句，如判了吟霜的死刑，雪如實在聽得驚心動魄。

『回公主，回王爺，這白吟霜原是龍源樓的賣唱女子，禎貝勒曾經為了搶奪她，在龍源樓對我拳腳相向！此事由不得我胡說八道，龍源樓的徐掌櫃和店小二們都親眼目睹！我功夫不如禎貝勒，勢力也不如他，爵位也不如他，但這白吟霜早就委身於我……』

『多隆！』皓禎一聲狂叫，衝過去就勒住多隆的脖子。『你這樣信口雌黃，你居心險惡，太卑鄙了……』

多隆躲都躲不及，被勒得直嗆直咳，公主怒拍椅子扶手，厲聲說：

『來人來人！快去制住額駙！』

好幾個侍衛應聲而入，七手八腳的扯開了皓禎，皓禎漲紅了臉，對多隆繼續憤怒的大喊：

『我知道你得不到吟霜，心有未甘！無論你想怎麼報復，矛頭指向我吧！儘管放馬過來，不要去污蔑吟霜的名節！你問問你的良心，你害她還不夠慘嗎？你殺了她的父親，害她骨肉分離，家破人亡……現在還要這般羞辱她，你不怕舉頭三尺，神明有眼？！』

王爺大踏步走上前來，抬頭痛心已極的看了皓禎一眼，就掉頭去看那跪在地上的吟霜，森冷的說：

『誰都不要再說話！吟霜！抬起頭來！我有話問妳！』

吟霜面無人色的抬起頭來，淒苦已極的看著王爺。

『妳曾在龍源樓唱曲嗎？』

『是！』吟霜輕聲答。

『妳是小寇子的親戚嗎？』

『不是。』

『妳和皓禎在何處相遇？』

『在……龍源樓。』

『妳到底是什麼出身？』

『從小跟著我爹和我娘，彈琴唱曲兒為生！』

『妳怎能入府當丫頭？』

雪如再也無法保持沉默，接口說：

『是我！』

王爺迅速的轉眼去看雪如，眼中，盛滿了不相信、悲痛，和被欺騙後的惱怒。

『我實在是情迫無奈！』雪如哀懇的看著王爺：『皓禎前來求我，我見他們兩個情深義重，這才想法子把吟霜接入府，這之中的原委和經過，我再慢慢對你說。現在，請看在吟霜已有身孕的份兒上，就別再追究了吧！』

『怎能不追究？』公主厲聲說：『姑不論酒樓歌榭的賣唱女子，怎麼混進王府，這已有的身孕，到底從何而來？』

『妳這是什麼意思？』皓禎怒喊著。

『我的意思很明白！』公主喊了回去，直視著皓禎：『我懷疑她肚子裡的孩子，根本不是你的！』

『怎麼不是我的？』皓禎跺著腳，快要氣瘋了。『她以白璧之身，跟隨了我……』

『那，』公主指著多隆：『他，又怎麼說？！』

『他是含血噴人！他是胡言亂語！你們居然要相信一個這樣無恥的小人，而沒有人肯相信我！』皓禎氣極，一聲狂叫：『啊……』同時，雙手用力一格，竟把抓著他的幾個侍衛硬給震得飛了出去。他拳打腳踢，又踢翻了兩個，然後，一反手，他搶下了一個侍衛的長劍，就舞著劍對多隆劈了過來。多隆大駭，狂叫著躲開去，而王爺，已迅速的攔上前去，暴喝一聲：

『你給我站住！』

皓禎一劍正要刺出，一見是父親，硬生生把劍收住，房中所有的人，都失聲驚叫了。

『怎麼？你要逆倫弒親嗎？』王爺沉痛的說，指了指地上的吟霜：『為了這樣一個來歷不明的女子，你居然串通母親，和你的親信，聯手來欺騙我！你罔顧禮法親情，造次犯上，漠視皇恩浩蕩，冷落公主……你……你……』他重重喘著氣：『你真讓我痛心！』

跪在地上的吟霜，已經再也聽不下去了，崩潰的用手抱住頭，發出一聲淒厲的狂喊：

『夠了！夠了！我走！我走……』

喊著，她站了起來，反身就往樓下奔去。公主大叫：

『抓住她！』

她已奔到樓梯口，崔嬤嬤見機不可失，伸出腳來，就把吟霜重重一絆，吟霜衝得飛快，被這一絆，整個人失去重心，就一腳踏空，從那陡峭的樓梯上，滾落了下去。雪如大驚失色，伸手想抓住吟霜，撈到了吟霜肩上的衣服，嗤的一聲，衣服撕破了，吟霜的身子，仍然像滾球一般一路翻滾了下去。

『不要！吟霜！吟霜……』皓禎狂奔過去。

『天啊！』雪如跟著奔下樓。

吟霜倒臥在樓梯底下，面朝下躺在那兒動也不動。雪如彎腰要扶她，只見她右肩衣服破裂之處，露出了雪白的肌膚，那肌膚上，一朵小小的、粉紅色的『梅花烙』正清晰的展現著。

『天啊！』雪如再喊了一聲，整個人都呆掉了。一下子就跌坐在地上。

16

就在那夜，吟霜失去了她的孩子。不幸中的大幸，是她並沒有摔傷筋骨，但，她整個人都虛脫了。

窗外，秋風正肆意的吹著，把窗櫺叩得簌簌作響。窗內，一燈如豆，淒然的照射著那低垂的床帳。吟霜蜷縮在床上，用棉被把自己連頭蒙住，她緊緊閉著眼睛，不哭，不動，不說話，不思想……她什麼都不想做了，甚至不想看這個世界。皓禎坐在床前面，緊緊握著她的一隻手，牙齒咬著嘴唇，把嘴唇都咬痛了。他注視著那露在被外的髮絲，竟也失去安慰她的力氣。兩人就這樣一個躺著，一個坐著，任憑夜色流逝，更鼓頻敲。

香綺進來了好幾回。

『大夫說，小姐需要好好休息，你就讓她睡吧！』香綺哀懇的看著皓禎：『這兒有我服侍，您也去休息休息吧！熬了一夜，您的眼睛都紅了。吟霜小姐的身子要緊，您的身子也要緊呀！』

皓禎搖搖頭，動也不動的坐著，眼光直勾勾的看著吟霜。吟霜躺在那兒，也是紋風不動。冷冷的夜色，似乎被這樣巨大的沉哀，給牢牢的凍住了。

同時，在王府的另一端，公主在自己房裡，也是徹夜未眠。

『審吟霜』的一段公案，因吟霜的流產而告一段落。那多隆，在吟霜滾下樓，全家亂成一團的當兒，就悄悄溜走了。接著，府裡救吟霜、傳大夫、備車備馬、抓藥、熬藥……鬧了個雞犬不寧。公主趁亂收兵，回到房裡，心臟還噗通噗通跳個不停。丫頭宮女，來來往往奔跑，傳遞消息，吟霜流產了！孩子掉了！公主的心腹大患也除去了！她睜著大眼，怔忡的看著崔嬤嬤，不知怎的，她並沒有什麼歡喜的感覺，那顆心，始終在噗通噗通的跳，跳得她心慌意亂，神思不寧。公主在人前儘管堅強，在人後卻自有脆弱的一面。

『我……我們會不會做得太過分了？』她囁嚅的問崔嬤嬤。『額駙會不會從此和我結下血海深仇，更不要理我了？』

崔嬤嬤注視著公主，被公主的不安傳染了，也有些心驚肉跳。

『可那吟霜，確有條條死罪呀！』崔嬤嬤自己想說服自己。『我為額駙的王室血統，不得不出此下策！現在好了，總算一個大問題解決了……一切慢慢來，皇天有眼，不會讓妳的一片痴心，都白白耽誤的！』

公主機伶伶打了個冷戰。

『怎麼了？』崔嬤嬤問。

『有陣冷風吹進來，妳覺不覺得？』公主縮了縮脖子，看看那影綽綽的窗紙，窗外一棵桂花樹，枝椏伸得長長的，張牙舞爪的映著窗紙。『如果……如果……如果那吟霜果真是白狐，她會不會來找我算帳？』

『公主啊！』崔嬤嬤低喊著：『如果她果真是白狐，我怎會絆得倒她，她又怎會失掉孩子？』

『對，對，』公主拍拍胸口：『我糊塗了，是我糊塗了！』

正說著，桂花樹上，一個黑不溜丟的東西，豎著個大尾巴，『唿啦』一聲從枝椏上飛掠而去。公主驚喊了一聲，驀的投身在崔嬤嬤懷裡。

『白狐！』她驚叫。

『不是的！不是的！』崔嬤嬤連聲說：『只是一隻貓而已！公主啊，妳別怕，額駙現在儘管恨妳，將來自會明白妳的一番苦心！何況，現在王爺什麼都明白了，他會清理門戶，為妳撐腰的！』

『可是，』公主顫慄的回想著：『那福晉，她在樓梯底下，抱著吟霜，她那眼光，好像……好像我把她給殺了！妳有沒有看到？』她問崔嬤嬤：『她似乎整顆心都碎了！』

是的，雪如自從看到那朵『梅花烙』以後，就整個人都陷進瘋狂般的思潮裡。昏亂、緊張、心痛、懷疑、驚惶、害怕、欣喜……各種複雜的情緒，如狂飆般吹著她，如潮水般湧著她，她心碎神傷，簡直快要崩潰了。吟霜流產，和『梅花烙』比起來，前者已經微不足道。她在自己臥室中，發瘋般的翻箱倒篋，找尋她那支梅花簪子。

秦嬤嬤忙著關窗關門，確定每扇窗都關牢了，這才奔過來，抓緊了雪如的手，緊張的說：

『冷靜冷靜！王爺好不容易睡下了，可別再驚醒他！簪子我收著呢，我找給妳！』

秦嬤嬤打開樟木大箱，取出個紅木雕花小箱，開了紅木小箱，再取出個描金繡鳳的織錦小盒，打開小盒子，那個特製的梅花簪子，正靜靜的躺在裡面。

『梅花簪！』雪如拿起了簪子，緊壓在自己的胸口：『就是這簪子烙上去的！一模一樣啊！秦嬤嬤，妳也看到了，妳也清清楚楚看到了，是不是啊？』

『是，是，是。』秦嬤嬤深深吸著氣，又緊張又惶恐。『但是，這可能只是個巧合，吟霜那肩上，說不定是出水痘，或者出天花什麼的……留下的疤痕，正巧……有這麼點兒像梅花……』

『那，』雪如拿著簪子就向外走。『我們去找吟霜，馬上核對核對！』

『不行不行！』秦嬤嬤慌忙拉著雪如：『那孩子，這一晚受的罪還不夠嗎？又受氣、又受辱、又受審、又摔跤、又掉了孩子……這會兒，好不容易歇下了，妳又拿著個簪子要去比對……妳怎麼對她說！說妳要看看，她是不是妳當初遺棄的女兒嗎？妳別忘了，旁邊還有皓禎呢！不，不，不！』秦嬤嬤越想越怕：『這祕密是死也要咬住的，絕不能透露的，萬一洩露出去，別說妳我都是死，這皓禎、吟霜、以及王爺，個個都是欺君大罪！何況，皓禎已經以王族血統的身分，娶了公主呀！大清開國以來，這滿漢不通婚，王族血統不能亂呀！妳快冷靜一點！冷靜一點呀！』

『我不能冷靜！我怎能冷靜下來呢？想想看，這些年來，一直以為我那苦命的女兒，已不在人世了！但是，突然間，她卻出現在我面前，原來，就是吟霜呀！怪不得頭一次見面就覺得她似曾相識，怪不得王爺說她像我年輕時候……對了對了！錯不了！她肯定就是我那個孩子……可憐，這些日子來，我眼睜睜看著她受虐待，受折磨，卻無力救她……老天用這種方式來懲罰我，祂兜一個圈子，把我的女兒送回到我面前，卻讓我母女相對不相識！如今，相識又不能相認！』

雪如激動得淚如泉湧了。『我顧不得了，我要去認她！』

『不行不行！妳失去理智了！』秦嬤嬤急得又是汗、又是淚。『說不定她不是呢？她的爹和娘有名有姓，是唱曲子的，不是嗎？』

『那，』雪如緊握著簪子，簪子上的『梅花』，都刺進了掌心。『我去問問她！』

秦嬤嬤死命攥住了雪如。

『妳要穩住呀！就是要去，也等天亮了再去！妳想清楚了再去！這會兒，妳才從她那兒回來不久，又失魂落魄的衝了去，妳不怕走漏祕密，難道妳也不想保護吟霜嗎？』

雪如跌坐在床沿，眼光直直的落在窗紙上。天，怎麼還不亮呢？怎麼還不亮呢？

天濛濛亮的時候，吟霜終於蠕動了一下身子。

皓禎急切的撲上前去。

吟霜把棉被從面孔上輕輕掀開，透了口氣，她快要窒息了。皓禎跪落在床前，用手輕輕拂開她面頰上的髮絲，深深切切的注視著她的眼睛。她蹙了蹙眉，黑而密的兩排睫毛微微向上揚，她終於睜開眼睛了。

她的視線和他的接觸了。兩人的眼光就這樣交纏著，彼此深深切切的看著彼此，好久好久，兩人誰也不說話，只是緊緊緊緊的互視著。這眼光，已訴盡了他們心中的痛楚，和對彼此的憐惜。然後，吟霜伸出了雙手，一下子就把皓禎緊緊的摟住，把頭埋進皓禎的胸前，她這才吐出滾下樓梯後的第一句話：

『失去了孩子、失去了名譽，我，生不如死啊！』

皓禎把她的頭，緊壓在自己的胸膛上。滾滾的熱淚，就奪眶而出了。他恨不得就這樣把她壓入自己的心臟，吸入自己的身體，讓兩人變為一個，那麼，就再也沒有任何力量能把他們分開！

『就算失去了天與地，』他啞聲說，每個字都絞自內心深處。『就算太陽和月亮都沉到海底，就算全世界變為冰雪和沙漠，妳，絕不會孤獨，因為妳永遠永遠有著我啊！』

『皓禎！』吟霜痛喊著。淚，也汩汩流下。

兩人緊擁著，讓彼此的淚，滌淨兩人被玷污的靈魂，也讓彼此的淚，洗去兩人沉重的悲哀。

就在這忘我的時刻，雪如帶著秦嬤嬤趕來了。看到這樣兩顆相擁的頭顱，這樣兩個受苦的心靈，雪如整顆心，都揪起來了。她衝過去，把這兩個孩子，全擁入她的懷中。她痛中有痛、悲中有悲、淚中有淚、話中有話的喊了出來：

『老天啊！是怎樣的因緣際會，會讓你們夫妻兩個，相遇相愛；又是怎樣的天道循環，會讓我們娘兒三個，有散有聚！這所有的痛苦和折磨，都是我的錯！我不曾把你們保護好，不曾讓你們遠離傷害，不曾給你們最溫暖的家，甚至不曾順應天意……這才讓你們受苦若此！我真悔不當初，不知如何是好！老天若要懲罰，罰我吧！我已年老，死不足惜！你們如此年輕，生命如此美好！老天啊！讓所有災難，都交給我一個人去承擔吧！只要你們幸福！你們幸福！』

皓禎和吟霜，被雪如這麼強烈的感情，弄得又驚愕又震動。但是，他們自己有太多的痛，這些痛和雪如的痛，加起來正渾然一體。他們就含淚承受著雪如的擁抱，和雪如的母愛，並且，深深的被雪如感動了。

17

王爺經過好幾天的調查，小寇子、阿克丹、常媽，以及龍源樓的掌櫃，都叫過來一一盤查清楚，這才把吟霜的身世弄明白了。最起碼，是他『自以為』弄『明白』了。關於在龍源樓駐唱，多隆調戲，皓禎救人，白老頭護女身亡，吟霜賣身葬父，到帽兒胡同，皓禎『金屋藏嬌』，直至冒充小寇子的親戚，被雪如帶入府來……這種種經過，都弄得清清楚楚。王爺在震驚之餘，心底某種柔軟的感情，卻不能不被這一對小兒女給勾引出來；多麼曲折，又多麼感人的一段情呀！王爺不笨，人世間的滄桑看了很多，王室的勾心鬥角也經歷了不少，對多隆這種人，可以說是司空見慣，瞭解得透徹極了。等到他把這所有經過，都弄清楚之後，雖然『被欺騙』的感覺仍然深重，但對那白吟霜，卻有滿心同情，對那失去的『孫兒』，更生出一份『痛惜』的情緒來。

但是，國有國法，家有家規！這種種『蒙蔽』和『欺騙』，不能不罰！於是，小寇子被拉入刑房，痛責了二十大板。阿克丹自請懲罰，跪在練功房一晝一夜。雪如見皓禎身邊兩大親信，都不能逃過，就拉著王爺的袖子，急切而哀懇的說：

『如果你還要罰皓禎和吟霜，那你就罰我吧！隨你要把我怎麼樣，但你絕不可以去動他們一分一毫！吟霜受了這麼多委屈，已經痛不欲生，至於皓禎，早被這樣的身心煎熬，折磨得不成人形了！你雖是王爺，也是父親呀！你已經親眼看到他們兩個這種生死相許的感情，你就算不瞭解，也該有份悲憫之心吧！』

『哼！』王爺輕哼了一聲，心中早已軟化，嘴上卻不能不維持著王爺的尊嚴。『希望家裡所有的欺騙，到此為止！如果再發生欺騙的事情，我定不饒恕！』

雪如心中，『咚』的重重一跳。欺騙！這王府中最大的一樁『欺騙』，該是『吟霜』了。

就在王爺調查事情經過的這兩天中，雪如也趁吟霜熟睡時，悄悄核對了她肩上的烙痕。『梅花簪』與『梅花烙』分釐不差，雖然只是匆匆一比對，已讓雪如和秦嬤嬤屏止呼吸，淚眼相看。然後，在無人時刻，雪如握著吟霜的手，小心翼翼的，盤問了吟霜的身世：

『孩子，我從不曾問起妳的父母，到底，妳母親是怎樣的人？妳有兄弟姐妹嗎？妳還有親人嗎？』

『不！我沒有兄弟姐妹，我是獨生女，我娘是在四十歲那年，才生了我的！』

『哦？』

『我爹名叫白勝齡，是個琴師，拉一手好胡琴。我娘多才多藝，會京韻大鼓，也會唱各種曲子，還能寫詞。當年他們在京裡駐唱，我也是在京裡出生的！』

『哦！』雪如喘口氣。『妳是那一年那一日出生的？』

『我是戊寅年十月二日生的！』吟霜抬頭，熱烈的看著雪如。『我和皓禎談起過，才知道我們是同年同月同日生！實在太巧了！』

雪如早已百分之百、千分之千、萬分之萬的斷定了吟霜的身分，瞅著她，她整個心絞扭著，絞得又酸又痛，她緊握著吟霜的手，也握得吟霜又酸又痛。她深抽了口氣，紛亂的再問了句：

『那時候，你們住在京城的什麼地方？』

『我小時候，住在郊外，一個叫杏花溪的小地方！』

杏花溪？杏花溪！那就是二十一年前，孩子順水漂流的小溪呀！原來她竟被這白氏夫婦撿了回去！什麼都不必再問了，什麼都不必懷疑了！雪如怔怔的看著吟霜，看著看著，就一把把她擁入懷中，緊緊的摟著，激動的說：

『聽著！孩子呀！妳的苦難都已過去！因為，從現在起，就是有五雷轟頂，也有我給妳擋著！』

那天，雪如帶著秦嬤嬤悄悄出府，到了香山公墓，去祭拜白勝齡的墳。在墳前，雪如虔誠的燒著香，跪了下來，恭恭敬敬的叩了三個頭，低低祝禱說：

『白師父，白師母，你們在天之靈，請受我三拜！謝謝你們養大了我的女兒，謝謝你們愛護她，養育她，把她調教得如此之好！如今，我已相信因果循環，但願來世，我們再結因緣，我願効犬馬之勞，以報今生之恩！』

吟霜的身世，雖已大白，可憐的雪如，卻不能相認。秦嬤嬤說得對，這是全家要受牽連的欺君大罪，是必須死死咬住的祕密！雪如咬緊牙關，緊緊封鎖著自己的祕密。但，聽到王爺口口聲聲談到『欺騙』時，怎能不心驚肉跳，字字鑽心呢？這才明白，二十一年前的一個行動，竟要付出一生慘痛的代價！如果僅僅是自己的一生也就罷了，若要連累到吟霜和皓禎的一生，她真是罪莫大焉，死有餘辜了！

小寇子挨打，阿克丹受罰，吟霜失掉了孩子……皓禎承受了這所有的一切。是的！王爺說的；國有國法，家有家規！

這天下午，他帶著府裡幾個武功高手，直奔公主房。

公主聽門口大聲宣報『額駙駕到』，就帶著崔嬤嬤，急急迎上前去。這是『夜審吟霜』以後，皓禎首次來公主房。公主一則有愧，二則有悔，三則有情，四則有盼……所以，腳步是急促的，神情是渴盼的，眼中是佈滿祈諒的。

誰知，皓禎帶著人手，長驅直入，整個臉孔，像用冰塊雕刻出來的，說不出有多冷，說不出有多剛硬。他站在院子中間，回首對帶來的侍衛們命令的說：

『把這個崔氏，給我拿下！』

侍衛一擁而上，迅速的就抓住了崔嬤嬤，幾根粗大的麻繩，立即拋上身，把崔嬤嬤的手腳，全綁了個結結實實。崔嬤嬤大驚，直覺到『大禍臨頭』，雙腿一軟，就對皓禎跪下了，嘴中急急嚷著：

『額駙饒命！額駙饒命！』一面回頭大叫：『公主救命呀！救命呀……』

公主急衝上前，一把抓住皓禎的衣袖，搖撼著說：

『你要做什麼？趕快放開她！』

皓禎一甩袖子，就把公主甩了開去。他退後一步，冷冷的看著公主，臉上一無表情，聲音冷峻而堅決。

『公主，妳聯合那多隆，在王府裡興風作浪，又唆使崔氏，對吟霜暗施毒手……妳以為妳是公主，就可為所欲為！但，別忘了，妳已嫁進王府，是我富察氏的妻子，我現在無法以國法治妳！我以家法治妳！從今以後，妳被打入冷宮，我再也不會與妳有任何來往。至於這崔氏，她將為我那失去的兒子償命！立即推赴刑房接受絞刑！』

『冤枉啊！皓禎！』公主急了，眼見那些侍衛，拉著崔嬤嬤就要走，她急得把公主的身分地位全忘了。『我沒有聯合多隆，是他自己來的呀，我也沒有唆使崔嬤嬤，那、那、那是個意外呀……』她焦灼的喊著：『快放下我的崔嬤嬤呀！她是我的奶媽，是我身邊最親的人……皓禎，你誤會了，是誤會呀……』

『是嗎？』皓禎的聲音更冷了。『誤會也罷，不是誤會也罷，反正悲劇已經造成，無法彌補了！』他一抬頭，厲聲說：『帶走！』

『來人呀！來人呀……』公主急喊著，奔上前去，攔住了侍衛：『要帶走崔嬤嬤，先要帶走我！』

公主的侍衛們，早已奔了出來。但皓禎有備而來，每個來人都孔武有力，分站在院落最重要的角落，個個手扶長劍，殺氣騰騰。公主的侍衛們見此等狀況，竟不敢動手。

『妳要在這王府之中，展開械鬥嗎？』皓禎直視著公主，語氣鏗然。『妳引起的戰爭還不夠多嗎？一定要血流成河，妳才滿意嗎？』

『不！不！不！』公主淒聲大喊，忙伸手阻止侍衛們。又掉頭看皓禎，眼中遍是淒惶。『我錯了！好不好？我跟你認錯，好不好？你不要帶走我的崔嬤嬤……我不讓你帶走我的崔嬤嬤……』

『好！』皓禎一摔頭：『不帶走也成，就地正法！馬上動手！』

一個大漢，立即取出一條白綾，迅速的纏在崔嬤嬤頸上。崔嬤嬤魂飛魄散，尖聲狂叫：

『公主……公主救命……』

才叫了兩句，那白綾已經收緊，崔嬤嬤不能呼吸了，眼珠都凸了出來，雙手往脖子上亂抓亂扒，張著大嘴，喉中發出格格格的沙啞之聲。

公主的三魂六魄，全都飛了。眼見崔嬤嬤命已不保，她一個情急，就對皓禎跪了下去，崩潰的大哭起來。她的雙手，死死抱著皓禎的腳，哭喊著說：

『不可以！不可以啊！崔嬤嬤和我情如母女，比親娘還親呀！我給你跪下，我給你磕頭，我不是公主，我沒有身分地位，我只是個走投無路的女人，一個無法得到丈夫的愛，無法得到親情溫暖，不知所措的女人呀……我給你磕頭！』她『嘣嘣嘣』的磕下頭去：『我一無所有，只有崔嬤嬤，請你饒了她！請你發發好心，饒了她吧……』

公主這樣一下跪磕頭，所有的人都驚呆了，那行刑的大漢也驚得鬆了手。崔嬤嬤立即跌坐在地上，又喘又咳。

就在這不可開交的時候，王爺已帶著雪如，氣極敗壞的趕來了。

『老天！』王爺一看這局面，就對皓禎大吼著說：『你闖入公主院中，動用私刑，無異於犯上作亂，你知不知道？趕快放人！』

『在我們府裡，動用私刑，早已司空見慣！』皓禎悲痛的抬眼看王爺：『小寇子挨打，阿克丹受罰，吟霜被公審，遭暗算……那一件不是私刑？既然王府中已有此例，多一條命、少一條命又有何妨？這崔氏我恨之入骨，今天勢必要她償命！』

『皓禎！』王爺著急的喊：『你連我的話都不肯聽了嗎？』他大步上前，伸手緊握住皓禎的手腕，直視著皓禎的眼睛，他義正辭嚴，真切懇摯的說道：『吟霜受了委屈，孩子又平白失去，我知道你現在充滿了不平，充滿了憤恨。可是，這世上畢竟沒有完人，你自己也有諸多不是之處！現在雨過天青，吟霜的身分地位，已經得到全家的認同，她的出身和名譽，也沒有人再追究與懷疑，這對你來說，不是失之東隅，收之桑榆嗎？你還這麼年輕，今年做不成爹，還有明年呢！犯得著為此殺人，多添一段冤孽嗎？』

皓禎迎視著父親，在王爺這樣誠摯的目光，和這樣真切的語氣中軟化了。他呆呆看著王爺，好半晌不言不語。然後，他掉回頭來，直視著公主，啞聲說：

『看在阿瑪的面子上，我今天放崔氏一馬！但是，每一筆帳，我都還記著呢！妳聽清楚，阿瑪已親口說了，吟霜的身分地位，出身名譽，都已經得到全家的認同，妳如果再造謠生事，我必定追究到底，誓不饒恕！妳如果想回宮去，再參我一本，告我一狀，也悉聽尊便！反正富貴由天，生死有命，我什麼都不在乎！』

公主渾身顫抖著，滿面淚痕，此時，但求崔嬤嬤不死，那兒還敢爭執？她拚命點著頭說：

『我不敢、不敢告狀，不敢造謠，我、我、我什麼都不敢了！』

皓禎手一揮，眾大漢收劍撤兵。王爺長嘆一聲，對公主匆匆說了句：

『一切到此為止，既往不咎，大家息事寧人吧！』

然後，王爺，福晉，皓禎，帶著眾侍衛走了。

公主一下子撲到崔嬤嬤身前，拚命去扯掉了那條還繞著她脖子的白綾。崔嬤嬤驚魂未定，又咳又喘。公主不斷撕扯著那條白綾，淚落如雨。嘴裡，喃喃的，嘰哩咕嚕的，不停的說著：

『我知道鬥不過她，一定鬥不過她，她不是人，是白狐，是白狐，一定是白狐……』

18

就這樣，吟霜不是人，是『大仙』，是『白狐』的傳言，就在府中沸沸騰騰的傳開了。本來，這狐鬼之說，最容易引起人們的穿鑿附會，也最容易被好事者散播傳誦。何況，府中房舍眾多，又各成院落，各有丫頭僕傭太監侍衛們，人多口雜，你一句，我一句，眾說紛紜，越傳越烈。

這種傳言是壓制不住的，也是控制不了的。於是，吟霜與浩禎也聽到了，雪如和王爺也聽到了。

『我是白狐？我是來報恩的白狐？』吟霜驚愕的睜大了眼睛。『怎麼會這樣說呢？我怎麼可能是一隻狐狸呢？』

『其實，這種傳言也有它的好處！』小寇子說：『大家談起來的時候，都是好害怕好尊敬的樣子，那丫頭宮女房裡，還有人悄悄畫了白姨太的像，在那兒祭拜呢！所以，反正這傳言對白姨太沒有什麼傷害，說不定還有保護作用，就讓他們去說吧！』

『白狐？』皓禎啼笑皆非，瞅著吟霜。『就因為常常穿白衣服，就變成狐狸了？』他笑著去看她的眉、去看她的眼。『讓我看看有沒有一點兒「仙氣」？』

『如果我是白狐，』吟霜笑容一收，黯然的說：『我一定變成這麼一點點大，』吟霜比了小小的兩寸：『躲到你的袖子裡，那麼，你走到那兒，都可以帶著我。你陪皇上去承德狩獵，我也可以跟著你！』

那正是九月初，每年秋獵的季節。皇上已經降旨，要王爺帶著浩禎皓祥，一起隨行。當然，這秋獵的隊伍十分龐大，隨行的還有其他王室子弟，和王公大臣。但，一家父子三人，都被徵召的，碩親王府仍是唯一僅有的！這是了不得的殊榮，換了任何人，都會興奮不已。唯有皓禎，卻愀然不樂，因為，此去少則十天，多則一月，把吟霜留在公主旁邊，沒有自己來守護，他真是千不放心，萬不放心。雖然，雪如一疊連聲說：

『有我有我！你放心，好好去陪皇上，只要皇上欣賞你，這公主就拿你沒奈何了！至於吟霜，我會拚了命來保護她的，我會像一個親生的娘一樣來保護她的！你去了，我會時時刻刻讓她跟在我身邊，寸步不離，看誰敢欺侮她！』

『現在的公主，跟以前已經不一樣了！』秦嬤嬤接口，對皓禎說：『自從你要殺崔嬤嬤以後，她整個人都變了樣子，她一點也不兇了，一點氣焰都沒有了，我聽小玉說，她嚇得要死，她被「白狐」的傳言給嚇壞了，聽到「白姨太」三個字就發抖，所以，她不會再來欺侮吟霜了！』

『這樣吧，我把阿克丹和小寇子留下來保護她！』皓禎仍是不放心的說。

『不行不行！』吟霜堅持不肯。『我那有那麼嬌弱，我在府裡，有這麼多人包圍著，怎會有事呢？你出門在外，才需要有人照顧，小寇子和阿克丹跟你去！要不然，我也不放心！』

最後，折衷辦法，阿克丹跟了皓禎，小寇子留在府裡。因為阿克丹脾氣暴躁，常常成事不足，敗事有餘。小寇子反應快，能隨機應變。

於是，皓禎要啓行了。

雖然是小別，皓禎和吟霜仍然離愁百斛，依依不捨。整夜挑燈話別，說不盡的千言萬語。至於公主房，卻是冷冷落落，一片寂寥。公主也徹夜不眠，站在窗前，若有所待。但見滿院秋風，簌簌瑟瑟。偌大的庭院，像一座死城。而那遠處的靜思山房，卻徹夜燈明，如同白晝。這公主的失意與落寞，就真筆墨不能形容了。

然後，皓禎、皓祥和王爺，都走了。

府裡的三個重量級男人一起離去，王府驟然清靜了好多。吟霜每日拿著針紅，到雪如房裡來，靜靜的繡著皓禎的腰帶，皓禎的錢包，皓禎的手帕……她的手那麼巧，連皓禎的朝服，她也開始繡了。雪如常常面對著她，看著看著就出神了；這樣溫柔如夢，這樣飄逸如仙……她是她的女兒呀！她嫡嫡親的女兒呀！雪如神思恍惚，每天每天，必須用最大的意志力，來克服自己想把一切和盤托出的衝動。

好多日子過去了，府裡靜悄悄，大家都相安無事。

然後，公主房傳出來，公主病了。

一連幾日傳太醫，終於驚動了雪如。帶著翩翩，她去公主房探視。公主躺在床上，神情懨懨，兩眼呆滯無神，精神恍惚，答非所問。雪如暗暗嚇了一跳，怎麼突然之間，病得這麼重，萬一有個閃失，如何是好？太醫開了方子，不外是培元補氣，治療風寒的藥方，連抓了好多服藥，吃下去也沒有什麼起色。公主看來更憔悴，更消瘦了。然後，她開始拒絕吃藥，也不肯躺在床上，整天在室內繞來繞去，像一隻困獸。看到樹影燈影，都會驚慌失措。常常一把抓住崔嬤嬤，就驚叫了起來：

『白狐！白狐！牠來抓我了呀！牠來報仇呀！牠就在我窗子外面呀……』

崔嬤嬤慌忙關窗子，把每扇窗子都關得密不透風，擁著公主，她又著急、又心碎的喊：

『沒有了！沒有了！我把窗子都關起來了！牠進不來了！別怕別怕！』

公主轉著眼珠，四周注視，拍著胸口，好不容易安靜下來。一轉眼，見牆上一個宮燈影子，又指著大叫起來：

『牠進來了！牠進來了！沒有用的！她是白狐，她無所不在，我鬥不過她的！妳瞧妳瞧，』她抓著崔嬤嬤，渾身簌簌發抖。『她把額駙弄走了，她孤立我！她要來對付我呀！她就在這屋裡，妳感覺到沒有？』公主眼光發直：『冷颼颼的一股風，過來了，過來了，過來了……』

『公主呀！』崔嬤嬤也嚇得魂飛魄散了。『咱們快走吧！咱們回宮去吧！咱們離開這可怕的地方吧！好不好？好不好？』

『不好！』公主激烈的吼出來，倏然一退，悲切的看著崔嬤嬤：『我怎能回宮去？我回宮了，萬一皓禎來找我，找不著，怎麼辦？』

『他……』崔嬤嬤目瞪口呆，看著公主，見公主雖然嚇成這樣子，仍然心繫著皓禎，嬤嬤那句

『他不會來的！』就硬生生收了回去。她噓了口氣，束手無策的說：『那要怎麼辦？怎麼辦？』

『崔嬤嬤！』宮女小玉在一邊侍候公主喝藥，急急的插進嘴來：『公主這樣子吃藥，吃了好多服都不見效，看樣子根本不是病，是沖煞了大仙！正經的，還是請個道士來幫幫忙吧！』

『道士！』公主聽了，脫口就驚呼出來，眼睛裡閃著光，像溺水的人抓住了浮木一般。『對對對！請道士來作法！妳快去給我請個道士來！』

於是，道士就入了公主院中。

那道士一手拿搖鈴，一手拿拂塵，半闔著眼睛，對院落四面八方，東搖搖鈴，西搖搖鈴，嘴中唸唸有辭，唸著一些沒人聽得懂的咒語。然後，他就煞有介事的面朝東方，『呀』的一聲說：

『果有狐祟！』

『是嗎？是嗎？』公主對東面看去，赫然就是靜思山房的方向！『那要怎麼辦？』

『必須設壇，公主摒除雜念，坐於壇後，再把那幻化於人形之狐仙綁於壇前，貧道即可作法化解！』

崔嬤嬤聞言傻住了。

『這白姨太……』她渾身通過一陣顫慄，就不由自主的伸手去摸自己的脖子。『咱們沒有人敢去碰她，更別說綁她了，不行不行，做不到的！』

『那麼，把她請到這院子裡來也成！』道士說：『剩下的事交給貧道！各位別怕，貧道自有法術與她鬥法，叫她現了原形，邪咒自然就破解了！』

『道長能讓她現出原形？真的能嗎？』崔嬤嬤問。

那道士頻頻點頭。

『這麼說，』崔嬤嬤充滿希望的。『只要她現形，所有被她迷惑的人，都會清醒過來了？』

『那自然！』道士一股正氣凜然的樣子：『不管被她迷惑的是男人，還是女子，都會醒來的！』

如果額駙能醒過來，如果福晉知道她是隻狐狸，如果公主不再被邪氣纏身，如果額駙能回到公主身邊……崔嬤嬤看著公主，毅然一點頭。不管是用騙的，用搶的，非把吟霜弄來不可！即使為此丟掉項上人頭，也在所不惜！

這天一早，吟霜才梳洗過後，正預備去雪如那兒，就被崔嬤嬤給攔下了。她直挺挺的跪在吟霜面前，哀聲說：

『白姨太！我求求妳發發慈悲，親自去看看公主，站在她床前，對她說一些妳已經原諒饒恕了她的話，不論公主把妳想成什麼，妳都不要跟她計較！我實在已經無計可施，不得不硬著頭皮來求妳，因為公主的病情愈來愈嚴重，如果妳不解除她的心病，只怕她會凶多吉少！』崔嬤嬤說著，就對吟霜磕頭如搗蒜：『上次絆白姨太摔跤，是我罪該萬死，請您大人不計小人過……只要能救我們公主，就是把我殺了，我也情願！』她真心真意的流下淚來。『妳是個好心腸的人，這麼做，固然是委屈了妳，可救命要緊，何況，那公主畢竟也是額駙的人呀！如今額駙不在家，我不知該求誰，走投無路呀……』

吟霜心中一陣惻然。自從公主臥病，她就很想去探視服侍，只是雪如攔著，說什麼也不讓她去。吟霜當然知道『狐祟』之說，卻認為『見怪不怪，其怪自敗』，並不十分放在心上。在她內心，其實很想和公主言歸於好，然後共侍一夫，那才是長久之計。因而，她彎腰扶起了崔嬤嬤，熱心的說：

『好吧！我就跟妳走一趟！果真能使公主心神安寧，那就大家都安心了！總之，我先瞧瞧去！』

小寇子迅速攔了過來。

『不行！』小寇子說：『要去，也要和福晉一起去！』

『小寇子，』吟霜搖著頭說：『你不要小題大作吧！』說完，跟著崔嬤嬤就走。

小寇子直覺不妙，撒開腿就直奔福晉房。

這邊廂，吟霜跟著崔嬤嬤，迅速的來到公主院落中。才走進院子，身後的門就砰然一聲闔攏，把急急追來的香綺關在門外了。

吟霜大驚，還來不及回過神來，嗖的一聲，左邊有條繩索飛來，嗖的一聲，右邊又有條繩索飛來。吟霜身上，立即就被套了兩圈繩索。只見面前，有兩個小道士交錯遊走，嘴中唸唸有辭，她被纏繞得動彈不得。

吟霜驚恐的睜大眼睛，對前面看去，這才看清，眼前竟有個祭壇，有個老道士站在壇後，雙目半闔，嘴裡大聲唸叨，一手高舉著搖鈴，一手在胸前結著手印。在道士後方，地上畫了個八卦圖形，公主就盤腿坐在這圖形中，閉著眼睛，動也不動。

『公主呀！』吟霜大叫：『妳在做什麼？快放開我呀！快放開我呀！』

公主紋風不動。道士手中的搖鈴往祭桌上重重一扣，雙眼驀地張開，眼睛對著吟霜大大一瞪。吟霜被他那圓睜的怒目嚇了一跳，身子本能的往後一縮。那道士已含了口水，直噴到吟霜身上。

『啊……』吟霜驚叫著：『不要！不要……』

兩個小道士各朝繩索的一端，不住拉緊，吟霜被牢牢綑住，站在那兒，無處可躲。

道士已換了一把木劍，劍端插著黃符，在吟霜面前揮來舞去，嘴裡喃喃唸著：

『拜天地神明日月之光奮前使者傳言童子奏使功曹拜請天監靈通遣得強兵降臨手執生刀寶劍身騎白馬奔馳舞動金鞭黑旗打起諸神廟開枷脫鎖救良牛民急急如律令……』

唸著唸著，他就托起桌上的香爐，把黃符焚化，然後將香爐在吟霜面前晃來晃去，驟然一聲大喝：

『疾病噩運，灰飛煙滅！』

頓時間，一爐香灰，全潑向吟霜。

『啊……』吟霜慘叫著，滿頭滿臉滿身都是香灰。

『妖魔狐鬼，立現原形！』

道士又大喝一聲，拿起桌上的一碗雞血，再對吟霜潑去。

『啊……』吟霜再度慘叫：『不要這樣對我啊，不要不要啊……我不是白狐，不是白狐呀……』

『嘩』的一聲，又是一盆水洒了過來。

道士手執搖鈴，在吟霜面前又晃又搖，嘴裡再度唸咒，然後，又是噴水、撒香灰、潑雞血……一一來過。

『啊……啊……啊……』吟霜不住慘叫著，躲不開，逃不掉，已滿頭滿臉滿衣裳都是水、雞血，和香灰。

這時，雪如和小寇子已趕了過來，遠遠的，就看到香綺撲在門上，用全力捶打著院門，嘴裡尖叫著：

『開門！開門！不要這樣啊……』

雪如大驚，直奔過來，那公主院的圍牆上有各式鏤空的花窗，雪如湊過去一看，簡直驚得魂飛魂散，她隔著花窗，對裡面就大喊大叫起來：

『你們在做什麼？這太過分了！快來開門！崔嬤嬤，妳不要命了嗎？快來開門啊……快來啊……』

院子裡，道士作法做得十分緊張，根本沒有人理雪如。小寇子張望了一眼，就又飛奔到『練功』房去調人手。

片刻之後，吟霜已滿身狼狽，水、汗、香灰和血漬弄得全身一塌糊塗。她嗆得不停的咳嗽，又嚇得不停的哭泣。而院外，侍衛們已經趕到，合力撞開了院門。

『師父，』兩個小道士放掉手中的繩子：『她沒現原形啊！怎麼辦？』

崔嬤嬤衝上前來，激動的抓著道士。

『你不是說能讓她現出原形的嗎？現在是怎麼回事？』

『這這……』道士回頭一看，見來人眾多，慌忙說：『她法力高強，貧道法力不夠，鬥不過她，無可奈何，無可奈何……』他對徒弟們一招手：『快走啊！』

趁著眾人衝入，一團混亂之時，他竟帶著兩個小道士，一溜煙的逃之夭夭了。

雪如顧不得追道士，顧不得罵崔嬤嬤，顧不得責問公主……她只是撲向吟霜，一邊拚命解繩子，一邊拚命用衣袖去擦拭吟霜的頭髮和面龐，一邊流著淚痛喊著：

『吟霜！我苦命的孩子啊！我眼睜睜看著妳在我面前，受此屈辱，我卻無法幫妳說清楚，我真痛不欲生呀……』

19

吟霜被雪如帶回了房裡。

丫頭們穿穿梭梭，忙忙碌碌。打水的打水，絞毛巾的絞毛巾，倒茶的倒茶，捧薰香的捧薰香。香綺把乾淨衣服拿來了，雪如親手解開了吟霜的髮髻，要幫她洗頭髮。吟霜被動的站著。淚，仍然不停的流下來。她心中愴惻，喉中哽噎，心情起伏不定，完全無法平靜下來。

『我是白狐……』她流著淚喃喃說：『我怎麼會變成一隻白狐?!人人都把我看成白狐，道士居然對我作法，無論我怎麼說，沒有人要相信我……這樣子對我唸咒洒雞血，要我現出原形……現出原形……』她泣不成聲：『我的原形到底是什麼?我怎麼會陷進這樣的局面呢?』

『好了！好了！都過去了，別再傷心了！』秦嬤嬤連忙給她拭了一把淚。『來！快把這髒衣服換掉！』她伸手解開她的衣鈕，脫下她那件已弄髒的衣裳。

『不是白狐！不是白狐！』雪如喊著：『我可以證明妳百分之百不是白狐呀！但是我什麼都不能說，我又怎會讓妳陷進這局面呢？』

雪如說著，就繞過去，撈起了吟霜腦後的長髮，幫助秦嬤嬤給吟霜換衣裳。衣裳從吟霜肩上褪了下來，雪如觸目所及，又是那朵『梅花烙』。

雪如的眼光，再也離不開那個烙痕。頓時間，所有的壓抑，所有的克制，所有的憐惜，所有的悔恨，所有的痛楚……全體集合成一股排山倒海般的巨浪，對她迅速的衝擊淹沒過來。她什麼都顧不得了，崩潰的撲下身去，一把就緊緊的抱住吟霜，哭著大喊：

『再續母女情，但憑梅花烙！』

吟霜還沒有從『作法』的驚慌中恢復，就又被雪如的激動陷進更大的驚慌。她皺著眉頭，微張著嘴，睜大眼睛，完全莫名其妙，不知所措。秦嬤嬤一陣瞠目結舌之後，就慌忙把室內的丫頭們，連同香綺一起趕了出去，她又忙著關門關窗子。

『吟霜呀！』雪如哭泣著喊了出來：『妳是我的女兒呀，我親生的女兒呀！二十一年前呱呱落地，眉清目秀，粉雕玉琢……妳是我和王爺的孩子呀……怎會是白狐呢？不是白狐！不是白狐呀！妳肩上，還有我親手烙上去的記號呀……』

吟霜大大吸了一口氣，腦中紛亂已極，她掙扎著，拚命想掙開雪如的擁抱。一面錯愕的急喊：

『妳在說些什麼？我一個字也不懂！』

滿面淚痕的雪如，已繞到吟霜的正面，伸出雙手，她緊握著吟霜的手，不讓她逃了開去。

『我再也忍受不了了！』雪如痛極的，不顧一切的說著：『吟霜，咱們是母女呀，真正的骨肉至親，妳聽清楚了嗎？我是妳娘，妳親生的娘呀！』

吟霜往後一退，臉色慘白的轉向秦嬤嬤。

『秦嬤嬤，妳快來！』她急促的、慌亂的喊著：『福晉大概受了太多刺激，腦筋糊塗了……她說這麼奇怪的話，我聽都聽不懂……』

秦嬤嬤衝上前來，忍不住也淚眼婆娑了。

『吟霜！福晉所言句句屬實，她確實是妳嫡嫡親的親娘啊！妳原是王府裡的四格格呀！』

吟霜再往後一退，但，雪如緊拉著她的手，她又無處可退，無處可逃了。她眨動著眼睛，困惑昏亂已極，不住的看雪如，再看秦嬤嬤，看了秦嬤嬤，又看雪如。

『梅花簪！梅花簪！』雪如立刻從懷中掏出那個簪子，自從發現梅花烙以後，這支簪子她就一直隨身帶著。她把簪子直送到吟霜眼前。『看見這簪子沒有？當年我忍痛把妳送走，在送走前，我就用這支簪子，在妳的右肩後面，烙下了一個「梅花烙」！妳自己摸摸看！』她拉著吟霜的手，去觸摸那烙痕。見吟霜一臉茫然，又急急嚷：『秦嬤嬤！拿面小鏡子來，讓她看！讓她自己看一看！』

於是，秦嬤嬤拿了小鏡子來，她們把吟霜推到大鏡子前面，用小鏡子照著那朵『梅花烙』給吟霜看，這是吟霜生平第一次見到自己這『與生俱來』的『梅花洛』。

然後，雪如和秦嬤嬤，細述了當年『偷龍轉鳳』的一幕。怎樣事先籌劃，怎樣抱進皓禎，怎樣再度產女，怎樣烙上烙印，怎樣抱出府去……以至雪晴怎樣承認，已將孩子放入杏花溪，隨波流去了。

整個故事說完，已是黃昏時候了。吟霜披散著頭髮，穿著件新換上的袍子，坐在梳妝枱前動也不動。雪如和秦嬤嬤一左一右在她前面，幾乎是哀怨般的瞅著她。

吟霜知道這一切都是真的了，從小，爹和娘也留下許多蛛絲馬跡，如今一一吻合……原來，自己是白勝齡撿到的孩子！她雖然已經瞭然，但這件真相仍然來得太突兀，太令人震驚了。她坐在那兒，一時之間，不能思想，不能分析，不能說話，不能移動……她臉上毫無表情，像是一尊化石。

『吟霜！』雪如急了：『妳說話呀！妳有什麼恨，妳有什麼怨，妳都說出來吧！是我鑄下的大錯，讓妳從小流落江湖，受盡人世風霜，即使入府以後，我也不能保護妳，讓妳再飽受欺凌……這些這些，每日每夜，都像幾萬隻蟲子，在咬噬著我的心啊！我錯了！孩子呀，我對不起妳，請妳讓我在以後的歲月中，來補償妳吧！』

吟霜瞪著雪如，眼中，無淚，無喜，也無悲。

『說話呀！說話呀！』秦嬤嬤按捺不住去搖著吟霜了。『妳娘對妳說了這麼多，妳好歹也回一句話呀！妳到底聽進去了沒有？瞭解了沒有？』

吟霜終於有了動靜。

突然間，她就『嗯』的一下子，從椅中站了起來，直著眼兒，她緊盯著雪如，淒楚而困惑的喊：

『如果我是妳的女兒，那皓禎算什麼？妳為什麼要對我說這個故事？說這麼殘忍的故事？二十一年前，妳選擇了皓禎，選擇了榮華富貴，身分地位，妳就選擇到底，為什麼要再來認我？不不不！』她激烈的搖著頭，踉蹌的退回門去。『我不是妳的女兒，我是白吟霜，我不是王府的四格格，我是皓禎的姨太太！我請妳不要再來逼我，我已經做了二十一年的白吟霜，我永遠永遠都只是白吟霜！』

喊完，她打開房門，就淒絕的衝了出去。

雪如的臉色慘白如紙，站在那兒，像寒風中的一面旗子，飄飄搖搖，晃晃盪盪。

夜，深了。

蘭馨公主突然從惡夢中驚醒，乍然坐起，急聲喊：

『道長！道長！你別走！你讓她現原形呀！』

崔嬤嬤和小玉，連忙扶起公主，餵水的餵水，打扇的打扇。自從道士溜走，吟霜被雪如救去，公主坐在那八卦陣中，始終神志不清。宮女們把她扶回臥房，崔嬤嬤又把她扶上了床，她一覺就睡到了深夜。

『公主！醒醒！醒醒！』崔嬤嬤喚著：『妳睡了好幾個時辰了！肚子餓嗎？想不想吃點東西？』

公主坐在床上，兀自發著楞。半晌，她用手揉揉眼睛，猛地神情一動：

『法事！對了對了！道長為我做了一場法事呀！我想起來了！然後……然後我只覺得好疲倦，整個人都虛脫了似的……』她一把抓住崔嬤嬤，很緊張的問：『她有沒有現形？有沒有？』

『唉！』崔嬤嬤懊惱的嘆口長氣，一臉的沮喪和耽憂。『咱們叫那道士給擺了一道！還說什麼現原形，我瞧他舞弄了半天，符咒、香灰、雞血都用盡了，人家白姨太還是好端端的站在那兒，根本沒事人一樣！等福晉趕來，那道士就趁亂溜了，丟下這個爛攤子，我真不知道如何收拾！那小寇子指著我說，等額駙回來跟我算帳！我看……』她眼圈一紅，伸手摸著脖子：『這一回啊，我怕是真的逃不過了！』

公主聽著，眼睛睜得大大的，裡面盛滿了困惑。

『真的沒有讓她現出原形嗎？可是……可是……』她摸摸胸口，又摸摸頭。『我現在舒服多了，胸口不那麼悶，頭也沒那麼疼了！靈的靈的！』她猛點著頭：『道士作法還是有用，原來我都覺得快不行了，妳知道嗎？是道長救了我！如果沒有他跟我這樣化解一下，我說不定已經一命嗚呼了！他真的救了我，真的真的呀！』

『當真嗎？』崔嬤嬤疑惑的問：『妳真的覺得好多了？』

『是啊是啊！』公主四面張望，神經兮兮的。『那白吟霜，有沒有現出個狐狸爪子什麼的？』

『沒有啊！』

『狐狸耳朵呢？』

『也沒有啊！』

『狐狸尾巴呢？……』公主小小聲再問。

『什麼都沒有啊！』崔嬤嬤拚命搖頭。

『那道長說，』小玉在一邊，忍不住插嘴了。『這白姨太功夫高強，他不是對手，我想，道長並沒有說謊，他確實鬥不過白姨太！』

『這樣啊！』公主吃了一驚，頓時又膽顫心驚起來。『這麼說，我的劫數還沒有完？我請道士來對她作法，她豈不是要更恨我了？只怕她要使出更厲害的手段來報仇了，怎麼辦？怎麼辦？』

她掀開被子，翻身下床，忙忙亂亂的找尋她的鞋子。

『公主，妳要到那裡去？妳要做什麼？』崔嬤嬤趕緊幫公主穿上鞋子。

『符咒！』公主叫著：『道長不是給我好多符咒嗎？快快快！快給我找來！』

『好好好，妳別急，別急！』崔嬤嬤從櫃子裡拿出一大疊黃色的符咒：『妳瞧，都在這裡！』

『來來來！』公主忙接過了符咒：『我們趕快把它貼起來，門上、窗子上、柱子上、帳子上、櫃子上、架子上……都要貼！快叫人來幫我貼！把裡裡外外全給我貼滿了！什麼地方都不能漏！』

公主說著，就去找漿糊。

『漿糊呢？漿糊呢？』

小玉奔出去找漿糊。片刻以後，宮女們已捧著一盆剛熬好的漿糊進來了。公主捲起袖子，竟親自塗漿糊，親自貼符咒，每貼一張，就說一句：

『這裡貼一張！這裡貼一張！這裡貼一張……』

一時間，滿屋子的宮女，都忙著貼符咒。崔嬤嬤看著那忙忙碌碌貼符咒的宮女們，再看看滿屋子貼得密密麻麻的符咒，最後，眼光落到公主身上，只見公主眼神混亂，情緒緊張，臉色蠟黃，腳步踉蹌的奔來跑去，爬高爬低，不住的把符咒對牆上、窗上、柱子上貼去……她驀地明白了，這公主根本神志不清，接近瘋狂了！崔嬤嬤雙腿一軟，一下子就跌坐在床沿上了。

『天啊！這怎麼是好？看樣子我必須進宮，向皇后稟告一切了……』

20

這天，阿克丹騎著一匹快馬，直抵碩親王府。

阿克丹奔進王府，奔到雪如面前，撲跪下去，就大聲的稟報：

『皇上帶著王爺和兩位貝勒爺，已經進京，皇上要順道來探視公主，所以王爺派我先行趕回，通知府中快快準備，恭迎聖駕！』

雪如嚇得直跳了起來。

『皇上要親自駕臨王府？真的嗎？』

『福晉有所不知，』阿克丹滿面焦灼之色。『皇上是接到了皇后派來的信差，說什麼公主遭邪魔作祟，久病不癒，情況堪虞，皇上才要過來，親自一探究竟啊！』

雪如不禁變色。但是，現在什麼都來不及細思，只有趕快命府中眾人，準備在大廳接駕。

轉眼之間，皇上果然駕到。

大廳中，一條紅地毯長長的由內鋪到外，地毯兩旁，分列侍衛，整齊劃一的站著。隨著一聲『皇上駕到』，就應聲跪下。雪如帶著翩翩及眾女眷，全體匍匐於地。

『叩見皇上！』雪如和女眷們齊聲說。

『起來吧！』

『是！』雪如帶著女眷站起，個個垂手肅立。低頭斂眉，不敢抬眼平視。

皇上在大廳正中的椅子上落座。王爺、皓禎、皓祥，和隨身侍衛太監們侍立於後。皇上抬眼，環視一周，沒有見到蘭馨公主，心中狐疑，就沉著聲音問雪如：

『這蘭馨，怎麼不曾前來接駕？』

『回皇上，公主有些兒玉體違和，動作緩慢了一些，我這就去通知公主，請她立刻前來……』

『免了！』皇上一伸手，做了個阻止的手勢：『等我喝杯茶，自己去看她罷了！』

此時，早有小太監，用細磁黃龍杯，盛著最好的碧螺春出來。皇上輕輕啜了口茶，身後眾人鴉雀無聲。王爺、皓禎、皓祥雖是久未回家，這時，全都不敢和家人目光相接，個個筆直站著，目不斜視。雪如心中像擂鼓般七上八下，卻苦於沒有任何機會和王爺交談。

皇上喝完了茶，立即就起身。

『走吧！去公主房！』

於是，一行人浩浩蕩蕩，就到了公主房。才走進院裡，蘭馨公主已扶著崔嬤嬤和小玉，顫巍巍的跪伏於地。

『皇阿瑪！聽說你還不曾回宮，就趕來看我，我真是太感動了！請原諒我沒有在大廳接駕，因為……我實在不敢跨出這院子一步啊！』

皇上聽了，實在困惑。抬眼一看，不禁嚇了一跳。原來，院中的圍牆上、樹木上、太湖石上、花窗上，以及正房的窗窗格格，鏤花門的片片扇扇，全都貼滿了黃色的符咒。這等奇異景象，不只驚呆了皇上，也驚呆了王爺，和跟隨在後的皓禎和皓祥。王爺飛快的看了雪如一眼，眼中盛滿詢問，雪如回了哀傷無奈的一瞥。皓禎暗中深吸口氣，面色就整個陰暗下去。皓祥皺皺眉頭，心中又氣又急，不知家裡又出了什麼狀況，生怕自己會遭『池魚之災』。

皇上按捺住驚愕，扶起公主。一見到公主蒼白的臉龐，昏亂的眼神，憔悴的容顏，和那形銷骨立的身軀，皇上就激動起來了。

『怎麼弄成這副模樣？簡直叫人不忍卒睹！到底發生了什麼事情？把妳整個人都變了樣子？快說！』

『皇阿瑪不要生氣，』公主瑟縮著說：『我……我……我前幾天是病得很厲害，但是，現在已經好多了，不礙事了！那……那隻白……白……』她四面看著，害怕的又縮回了口。

『白什麼？』皇上大聲追問。

『白狐啊！』公主小小聲的說了出來，說出口膽子就壯了些。『皇阿瑪，你看，道長給了我好多符咒，我把裡裡外外全貼滿了，這樣，那白狐就進不來了。所以，我現在身體已經好多了，也許我的氣色不大好，不過假以時日，我會慢慢恢復的！請皇阿瑪不要耽心！』

皇上聽了這篇話，眼睛都直了。

『白狐？』他愕然說：『那兒來的白狐？』

皓禎面孔雪白，衝上前去，對皇上跪下了。

『這白狐之說，完全是怪力亂神，一派謠言！皇上天縱聖明，千萬不要聽信這種無稽之談……』

皇上瞪視著皓禎，心裡頓時明白了。

『原來是你那個小妾！叫什麼名字來著？』皇上問。

『回皇上，名叫白吟霜！』皓禎無奈的說。

『立刻給我帶上來！』皇上一聲令下。『我倒要看看，這白吟霜是怎樣一個女子！』

『皇阿瑪！』公主急了，慌忙說：『不要帶她來這兒，千萬不要帶她來這兒，我……我現在和她井水不犯河水了，我躲在這院子裡很安全，您老人家千萬別把她再弄來……現在道長也不在這兒，沒有人制得了她……』

『她怎會把妳嚇成這樣子？』皇上驚愕之餘，怒氣陡然上升。『帶上來！立刻帶上來！看她有什麼法術可施！』

於是，吟霜被好幾個太監，押了過來。

吟霜面如死灰，髮亂釵橫，神態倉皇。跪在皇帝面前，她匍匐於地，雙手橫擺於地面，額頭輕觸著自己的手背，動也不敢動。

『抬起頭來！』皇上沉聲說，聲音威嚴極了。

吟霜這一生，好幾次被人命令『抬起頭來』，但都沒有這次這樣，令人膽顫心驚，嚇得神魂俱碎。吟霜抬起了頭，仍然垂著睫毛，眼光只敢看地面。

『抬起眼睛，看我！』皇上命令著。

『是！』吟霜揚起睫毛，眼中不自禁的充淚了。她被動的、怯怯的看著皇上，那眼睛是水汪汪而霧濛濛的，一對烏黑晶亮的眼珠，在水霧中閃著幽光。

皇上愣了一下，怎有如此美麗的女子？後宮佳麗三千，都被這女子比下去了。怪不得蘭馨鬥不過她！『色』字一關，幾個男人能夠逃過？要救蘭馨，必須除掉這個女子！管她是人是鬼是狐是仙！皇上死死瞪著吟霜，目光如電。吟霜在這樣的逼視下，神色越來越倉皇，心跳越來越迅速……她惶恐的眨了眨睫毛，目光就無法停在皇上的臉孔上，而悄悄的垂了下來。

『大膽！』皇上一聲暴喝：『我要妳看我，妳看何處？目光不正，媚態橫生，果非善類……』

『皇上！』皓禎一急，就跪著膝行而前，倉皇伏地，冒死諫辭：『皇上開恩！吟霜絕非如傳聞所言，請皇上明察！公主玉體違和，是臣的過失，不是吟霜的罪過，請皇上降罪於臣，我自願領罪，以替代吟霜……』

『住口！』皇上見皓禎對吟霜這樣情深義重，不禁更加有氣，轉頭看一眼公主，只見公主那對眼光，竟痴痴的落在皓禎身上。皇上心中一緊，已做了決定。『不管這白吟霜是人、是狐，她以邪媚功夫，迷惑額駙，引起家宅不和，已失去女子該有的優嫻貞靜，和品德操守，原該賜死！今天看在額駙求情的份上，免其死罪！著令削髮為尼，青燈古佛，了以殘生！』

吟霜腦中，轟然一響，伏在那兒，萬念俱灰了。皓禎更是如遭雷殛，面色慘變。兩人都還來不及反應，雪如已撲上前去，『咚』的跪下，慘聲哀求：

『皇上！臣妾斗膽，請皇上責罰臣妾，施恩吟霜吧！這家宅不和，皆因臣妾領導無方，管理不善，與吟霜無關呀！臣妾願削髮為尼，潛心禮佛，每天持齋頌經，以懺悔今生罪孽，但求吟霜免罪！』

王爺驚駭極了，怎麼也沒想到雪如會膽大如此！又忘形如此！怎會要替代吟霜去削髮為尼呢？他伸手想拉雪如，又不敢輕舉妄動，整個人都不知所措了。

雪如這一個冒冒失失的舉動，使皇上也大出意料。他看看雪如，看看皓禎，再看看吟霜。鼻子裡重重的『哼』了一聲，他氣沖沖的說：

『看樣子，傳言不虛！這女子有何等蠱惑功夫，才能讓你們一個個捨命相護！現在，誰都不許為她求情，我限你們三天以內，把這女子給我送到白雲庵去！如三日之內不見交代，就派人前來捉拿，立即賜死！』皇上拂了拂袖子，回頭再看公主。『至於蘭馨，我帶回宮去細細調養！等你們處理完了這段公案，再來接她！』

皇上說完，帶著眾侍衛，往門外就走

『恭送皇上！』王爺和家眷們又跪伏在地。

於是，皇上帶著公主，連同崔嬤嬤、小玉等宮女，一起回宮去了。那公主不情不願的跟著皇上離去，還不時的回頭看皓禎。而皓禎，在這麼巨大的晴天霹靂下，早已魂魄俱散，心神皆碎了。

這天晚上，整個王府中，除了公主房以外，處處燈火通明。

雪如抓著王爺的手腕，迫切的搖著，苦苦的哀求著：

『你再想想辦法吧，好不好？你明兒進宮去，再求求皇上，請他開恩！吟霜才二十一歲，和皓禎情深義重，塵緣未了，送進尼姑庵裡去，豈不是冒瀆了青燈古佛！你去跟皇上說，咱們想盡辦法來彌補公主，勸皓禎回頭……只要能留下吟霜……』

『妳好糊塗！』王爺忍不住對雪如嚴厲的說：『妳難道還不明白，這事已經毫無轉圜的餘地！今天咱們都在刀口上掠過，全仗著公主在辭色之間，對皓禎仍然一片痴心，皇上才沒有把我們全家治罪！現在不過是把吟霜送入白雲庵，已經是皇恩浩蕩了！妳不要不識相，禍闖得已經夠大了！現在，吟霜好歹有條活路，妳再得寸進尺，她就只有死路一條了！妳難道還看不出來，皇上對吟霜，實在是想除之而後快的嗎？』

『那……那……』雪如震顫著：『那，我們要怎麼辦？要怎麼辦呢？』

『怎麼辦？』王爺一瞪眼，果決的說：『皇上雖給期限三天，咱們一天也不耽誤，明天一早，就把吟霜送到白雲庵去！』

雪如神情慘烈，目瞪口呆，一句話也說不出來了。

同時間，在靜思山房，皓禎正站在吟霜面前，緊緊握著她的手，一臉激動的說：

『吟霜，咱們逃走吧！』

『逃走？』吟霜痴痴的看著皓禎。

『對！』皓禎用力的點點頭。『沒有人能幫助我們了，我們必須拯救自己的命運，除了逃走已無別的路可走了！我不要活生生和妳拆散，不能忍受妳削髮為尼。逃吧！咱們逃到外地，逃到一個不知名的小地方，隱姓埋名，去過一夫一妻的簡單生活！』

『奴才跟了你們去！』阿克丹一步向前，大聲說：『保護你們，幫你們幹活！』

『我也要去！』香綺拭了拭淚。

『好！豁出去了！』小寇子一拳捶在桌子上。『今夜摸黑走！我去幫貝勒爺收拾東西，香綺，妳幫白姨太收拾收拾……』

吟霜熱淚盈眶的看看皓禎，再看看三個義僕，終於投入皓禎懷裡，把皓禎緊緊一抱。

『哦！我真的很想說，好！我跟你去！咱們一塊兒去浪跡天涯吧！可是……咱們真能這樣做嗎？這是違抗聖旨，罪在不赦，即使逃到天涯海角，真能逍遙法外嗎？而且，咱們走了，阿瑪和額娘怎麼辦呢？』吟霜想著雪如，想著自己肩上的『梅花烙』，更是別有情懷在心頭，真正是柔腸寸斷了。『咱們身為兒女，不曾孝順過爹娘，只是……只是……讓他們操了好多心……現在，還要一走了之，讓他們來幫我們頂罪嗎？』

皓禎震動著，清醒了。一時間，啞口無言。

小寇子、阿克丹和香綺都默默的垂下了頭。

室內靜了片刻，然後，皓禎猝然的衝開去，撲在牆上，用力的捶打著牆壁。

『這太不公平了！這太沒道理了！怎會發生這樣的事？皇上因一時的憤怒，卻決定了別人一世的悲苦！兩個相愛的心靈，卻注定不能相守在一起……這太沒有天理了！這樣的世界，我還能相信什麼？神嗎？佛嗎？菩薩嗎？祂們都在那裡呢？都在那裡呢？』

吟霜奔上前去，從背後抱住了皓禎，顫聲說：

『青絲可斷，我和你的情緣，永遠永遠不斷！』

皓禎聳動著肩膀，無法回頭，無法看吟霜。

『皓禎，你不要太難過，』吟霜噙著淚說：『說不定我是一隻白狐，你就當我是隻白狐吧！』

皓禎驀地轉過身子，熱切的望著吟霜的眼睛，昏亂而渴盼的問：

『妳是嗎？』

『我……』吟霜一怔，淚霧迷濛。『可能是。我來報恩，我來還願，如今恩情已經報完，我的……期限已到，必須走了！』

『妳——是——嗎？』皓禎再問，一字一字的。

吟霜的心，頓時粉碎了。她抱緊皓禎，哭著說：

『從來沒有一個時刻，我這樣期望自己是隻白狐！如果我不是人，而是隻狐，那有多好，那有多好……我真想，鑽進你的衣袖裡，追隨你，陪伴你，今生今世，再不分開……』

21

第二天早上，全家老老少少，都不約而同的到了院子裡，來送吟霜。王爺、雪如來了，翩翩和皓祥也來了，秦嬤嬤帶著正室的丫環僕婦們，阿克丹帶著練功房的侍衛們，小寇子帶著宮女太監們，連翩翩房裡的嬤嬤和丫頭們……都紛紛來了，黑壓壓的站了一院子。原來，吟霜自入府後，雖然引起許多謠言和事端，但，她待人親切謙和，平易近人，因而深得下人們的喜愛。再加上，自從『狐仙』之說，沸沸揚揚以後，這下人們對她更有一份尊敬和好奇。此時，全知道皇上賜令削髮為尼，這一遁入空門，就再無相見之日，大家就都生出依依惜別的情緒來。當然，暗中，仍有許多聲音，說這『白雲庵』是『囚』不住『白狐』的！

吟霜穿著件白底藍花的布衣，紮著同色的頭巾，背著個小小的包袱，臉上脂粉未施，蛾眉未掃，看來依然清麗。那布衣布裙的裝束，更給她增添了幾分楚楚可憐。她站在院中，環顧四周，這庭院深深的王府，終究成不了她的『家』！這是『命中注定』的『悲劇』，是她一生下來就逃不掉的『悲劇』！

皓禎站在她身邊，眼光始終跟隨著她轉，神情慘澹。

雪如的目光，更是緊鎖在吟霜臉上，那眼裡，哀哀切切，淒淒惶惶，訴說著內心幾千幾萬種傷痛與不捨。

院中，那麼多人，卻一片沉寂，無人言語。唯有秋風瑟瑟，落葉飄飄。

半晌，吟霜移步上前，在王爺面前跪下，她心中洶湧著一份特殊的感情，此時已無力隱藏，帶著那麼深切的孺慕之思，她輕輕柔柔的開了口：

『阿瑪，從我入府以來，惹出了許多紛爭，讓你生氣，煩惱不斷，我真不是個好媳婦兒，請你原諒！現在我去了，一切麻煩也隨我而去，這兒會恢復平靜安寧的！』

王爺不由自主的，就被吟霜的眼光，觸動了心中的柔情，不知道為什麼，竟感到一股愧疚和不忍。

『妳……不要怨我，』他也輕聲說：『聖命難違，我也無可奈何了！我備了馬車，有四個侍衛送妳去，妳……好好的去吧！』

『是！阿瑪多保重了！』吟霜磕了個頭。

王爺動容的點點頭。吟霜轉向了雪如，四目才一接，雪如眼中的淚，便滾滾而下。

『額娘的恩情，我無從報答，只有等來世了！』吟霜話中有話，含悲忍痛的說。

『我不要等！我不能等！』雪如頓時崩潰了，痛哭失聲。刹那間，所有的顧忌，所有的害怕，都不見了，她眼前只有吟霜，這個好不容易，失而復得的孩子！『誰知道有沒有來世，咱們有的就是今生，即使這個「今生」也已經彷如「隔世」了！我怎能再等？二十一年都被我們虛擲了，人生有幾個二十一年呢？我不能等，我不要等了！』她抓著吟霜，狂亂而激動的喊：『如果妳當不成我的媳婦兒，就當我的女兒吧！我不要妳離開我，我不要妳年紀輕輕，遁入佛門！妳是我的女兒呀……』

王爺伸手去拉雪如：

『妳不要悲傷過度，說些糊裡糊塗的話吧！讓她走吧！剃度以後，妳還是可以去探望她的……』

『不！』雪如狂喊，撲上去抓住王爺的衣服，拚命搖著他：『你救救她！不能讓她剃度……她是你的女兒呀，她是你親生的女兒呀，她不是白狐，不會作祟，因為，她是咱們王府裡的四格格呀……』

『額娘！』吟霜大叫，從地上跳起來，震驚的後退。『停止停止，不要說了！不要再說了！』

『雪如，』王爺蹙著眉頭，大惑不解的。『妳是怎麼回事？真的被蠱惑了？迷失了本性嗎？』

『對！我看就是這麼一回事！』皓祥忽然插嘴：『阿瑪，你快把這個來歷不明的女子，送去白雲庵吧！到了白雲庵，就是庵裡的事了，免得她繼續害人呀！』

『不！不！』雪如狂喊：『她不是白狐，她是我的女兒呀，我親身的女兒呀……』

吟霜抬眼，飛快的看了皓禎一眼，皓禎驚愕的站在那兒，目不轉睛的瞪著雪如，眼中盛滿了惶惑。

『額娘！妳不要亂說，不要亂說呀！』吟霜急切的嚷，心中一橫，大喊出聲：『我是白狐！我根本就是白狐……我已經把福晉蠱惑得胡言亂語，我又迷惑了額駙，我承認了！我，是白狐！是白狐，是白狐……』

『吟霜！』雪如撲過來，抓著吟霜的雙肩，用力搖撼著：『妳為什麼要這樣說？妳為什麼要承認自己是白狐？妳寧願承認自己是白狐，而不肯承認自己是我的女兒嗎？妳就這樣恨我，這樣不要原諒我嗎？』她哭喊著：『當年偷龍轉鳳，我實在是情迫無奈，妳要原諒我，妳一定要原諒我呀……二十一年來，我都生活在悔恨之中呀……』

『夠了！』王爺大叫一聲，去扳雪如的身子，要把雪如和吟霜分開：『妳因為捨不得吟霜，居然捏造出這樣的謊言，妳簡直是發瘋了！入魔了……』

『我沒瘋！我沒瘋！』雪如什麼都顧不得了：『我欺騙了你二十一年，現在說的才句句實言啊！吟霜確實是我們的女兒啊，她和皓禎同年同月同日生，事實上，是皓禎比她先出生了數日……在我生產那天，才抱進府裡來……』

王爺悚然而驚，他抽了口冷氣，某種『恐懼』一下子就抓住了他的心，他不要聽了，他不敢聽了，衝上前去，他一把扣住吟霜的手腕：

『妳這個魔鬼，妳這個怪物，立刻給我滾出去……』

『唰』的一聲，王爺腰間的一把匕首，被雪如用力的抽了出來。院落裡圍觀的丫頭侍衛宮女太監全失聲驚呼：

『啊！……』

雪如握著匕首，往脖子上一橫，冷聲說：

『親生女兒不認我，丈夫也不相信我，我百口莫辯，眼看要骨肉分離，我生不如死……』她雙目一闔，淚落如雨，咬緊牙關，絕望的說：『自做孽……不可活！』手就用力，準備自刎。

『娘啊！不要！』吟霜狂喊一聲，撲上去，就伸手去搶那匕首：『不可以！不可以！娘……娘……娘……我認妳！我認妳，我認妳，我認妳……』她握著匕首，不顧匕首的刀刃，已劃傷了她的手指，硬是要把匕首拉開：『娘！妳既是我親娘，怎忍心在二十一年後，再度棄我而去？』

『噹』的一聲，匕首落地，雪如脖子上，留下一道血痕，和吟霜手指上的血跡，互相輝映，怵目驚心。

『妳認我了？』雪如不相信的，做夢般的問。『妳終於認我了？』

『娘啊！』吟霜痛楚的大喊，此時此刻，也什麼都顧不得了。『我早就認妳了，在我心底深處，已認妳千回百回，可我不能說啊……』

『吟霜！』雪如激動的喚著，淚落如雨：『讓妳這一聲娘喊得如此艱苦，我真是心碎呀！』

母女二人不禁抱頭痛哭，渾然不知身在何方。

王爺、皓禎、皓祥、翩翩都呆怔怔的站著，各自陷在各自的震驚裡。滿院的人，全看傻了。

『哦！』半晌，翩翩才小聲的對皓祥說：『這……白……白狐，好像功力高強啊？』

『夠了！』雪如迅速的抬起頭來：『不要再說白狐那一套！吟霜是我生的……』她看向皓禎：『對不起，皓禎……你……你……你不是我的兒子呀……』

皓禎面如死灰，腳下一個顛躓，身子搖搖欲墜。

『妳騙人！』王爺陡地大吼了一聲，猛地揪住雪如的衣襟，眼睛瞪得像銅鈴，呼吸重濁：『妳收回這些胡言亂語！我命令妳！妳立刻收回！我一個字也不要相信！毫無證據，一派胡言！妳立刻收回去！』

『證據？你要證據是吧？』雪如淒絕的問，就伸出手去，驀地把吟霜肩上的衣裳，往後用力一拉，露出了那個『梅花烙』。『這朵梅花烙，當初我親手烙上去，就為了日後可以相認！』她從懷中，再掏出了那個梅花簪。『梅花簪』躺在她的掌心。『梅花烙』印在吟霜肩上。王爺大大的睜著眼睛，死死的瞪著那『梅花烙』，整個人呆怔著，像是變成了化石。

院中，又是死一般的沉寂。

然後，有個怪笑之聲，突然揚起：

『哈哈哈哈！哈哈！哈哈哈……』

眾人看去，怪笑的是皓祥。他揚著頭，不可遏止的大笑著，笑聲如夜梟的長啼，劃破了沉寂的長空。

『哈哈哈哈！二十年以來，皓禎搶在我前面，什麼都搶了第一！原來他只是個冒牌貨！我才是真的，我才是王府中唯一的貝勒，卻在他手下，』他指著皓禎：『被他處處控制，處處欺壓，在我面前扮演著長兄，扮演著神！哈哈！哈哈哈哈……』他笑著衝到翩翩面前，已經笑中帶淚，恨聲說：『妳雖然是個回回，也該有些大腦，妳怎麼允許這件事在妳眼前發生？如果沒有那個假貝勒，妳早做了福晉，妳懂不懂？懂不懂？妳的懦弱，妳的糊塗，害我到今天都無出頭之日！』他再掉頭，跌跌衝衝的衝到王爺面前去，對王爺激動的喊著：『我知道，這許多年來，皓禎才是你的驕傲，皓禎才是你的快樂，皓禎才是你的光榮，皓禎才是你心目中真正的兒子！你從來就看不起我，對我不屑一顧！哈哈！多麼諷刺啊！你這個不爭氣的，沒出息的，讓你看不順眼的兒子，才真正流著你的血液！而那個讓你驕傲，讓你快樂，讓你光榮的兒子，卻不知道身上流著誰的血液……』

『啪』的一聲，王爺以迅雷不及掩耳的速度，狠狠抽了皓祥一耳光，力道之猛，使皓祥站立不住，連連後退了好幾步。翩翩急忙上前扶著他，驚愕的抬眼看王爺，似乎不相信王爺會出手打皓祥。

王爺重重的吸了口氣，痛楚的搖了搖頭。然後，他抬眼看看吟霜母女，看看皓禎，再看皓祥，心中是一團混亂。各種震驚紛至沓來，緊緊緊緊的壓迫著他。即使如此，他仍然對皓祥沉痛的、悲切的說了句：

『我但願有個爭氣的假兒子，不願有個尖酸刻薄、自私自利的真兒子！』

『你……你？』皓祥喘著氣，嘴角，沁出了血來。他顫抖著，無法置信的看著王爺。然後，他發狂般的大叫了一聲：『啊……』就雙臂一震，把翩翩給震開了去。他揮舞著手，對王爺、對翩翩、對雪如和吟霜、對皓禎，對整個院子裡嚇傻了的僕役們，大聲的吼了出來：

『什麼碩親王府？什麼兄弟手足，什麼父母子女，什麼王爺額駙……我全看扁了！你們沒有人在乎我，沒有人關心我……好好好！我走我走！』他對大家一伸拳頭：『咱們走著瞧！看那個假貝勒能囂張到幾時？』

說完，他掉轉了身子，就像個負傷的野獸般，嚎叫著衝出府外去了。

滿院靜悄悄，誰也沒有想去留他。所有的人，都各自深陷在各自的悲痛裡。只有翩翩，她四面尋視，茫然已極，困惑已極，深受傷害的問：

『你們沒有一個人要去留他嗎？』她走到王爺面前：『他是你唯一的兒子，是不是？你就這麼一條香煙命脈，是不是？』

『不是。』王爺目光呆滯，聲音機械化的：『我還有皓禎！』

皓禎的身子搖了搖，使他不得不伸手扶住院中的一棵大樹，他的眼光直直的望著王爺，王爺的眼光不由得被他吸引，熱烈的看著他了。父子二人，目光這樣一接，二十一年來的點點滴滴，全在兩人眼底流過。誰說父子間一定要流著相同的血液？彼此的相知相惜，彼此的欣賞愛護，不是比血緣更重嗎？兩人眼中，交換著千言萬語，兩人的眼眶，都迅速的潮濕了。

翩翩看看王爺，看看皓禎，看看擁抱在一起的吟霜和雪如，頓時明白到，真正的一家人，正在這兒。她只是當初獻給王爺的一個『壽禮』，一個錦上添花，可有可無的『壽禮』！她往後退，一直退到了大門邊，轉身對門外大叫著：

『皓祥！等我！你要到那兒去？我跟你一起去！皓祥……皓祥……皓祥……』

她追著皓祥而去。

吟霜的『白雲庵』之行，就這樣暫時打住。

一整天，王府中又是亂亂糟糟。下人們，議論紛紛，主人們，神思恍惚。

王爺和雪如，關著房門，『細說』當年往事。有無盡的悔，無盡的怨，無盡的責難，和無盡的傷心。當這些情緒都度過之後，還有無盡的驚奇，是怎樣的因緣際會，才能讓吟霜和皓禎，竟被命運的鎖鍊，給牢牢的鎖在一起！這樣一『細說』，簡直有說不完的故事和傷痛。說到日落西山，說到油枯燈盡，依然說不完。

而皓禎和吟霜，在東跨院裡，默然相對，都不知此身何在？

忽然間，皓禎和吟霜的地位，已經異地而處。吟霜是王府的格格，皓禎才是無名的『棄嬰』。這種變化，使兩人都有些招架不住。尤其是皓禎，他幾乎被這事實給打倒了。他整日神情木然，坐在那兒，長長久久都不說一語。

深夜，他終於想明白了，抬起頭來，他怔怔的看著吟霜。

『我明白了，我在王府中，鳩佔鵲巢二十一年，渾渾噩噩走這麼一趟，目的就是領妳進府，讓妳這隻失巢乳燕，仍然能飛回故居！』

『你不明白！』吟霜盯著他，熱烈的說：『冥冥中，自有天意！如果我倆自幼不曾相換，以我王室四格格的身分，養在深閨，那有機會和你相遇？不論你是販夫走卒，或是宗室之後，我們終此一生，都只是兩個陌生人而已！上蒼為了結合我們，實在用心良苦！如果現在時光能夠倒移，我仍然要做白吟霜，不要做四格格！唯有如此，我才能擁有你這一份情！對我而言，這份情，比任何身分地位，都要貴重了幾千幾萬倍！』

他瞅著她，在她那炙熱的眸子下，融化了。

『我明白了！』他再說：『我是貝勒，或是貧民，這都不重要！妳是格格，或是賣唱女，也都不重要。重要的，是無論妳是誰，我都愛妳！無論我是誰，我也都愛妳！』

她點頭，深深的點頭，偎進了他的懷裡。

『有你這幾句話，』她想著那青燈古佛的漫長歲月：『夠我幾生幾世來回味了！』

第二天，吟霜還來不及動身去『白雲庵』，王府被一隊官兵直闖了進來，帶隊的是刑部的佟瑞佟大人。手中拿著皇上的聖旨，他大聲的朗讀，王爺、雪如、皓禎、吟霜等都跪伏於地：

『奉天承運，皇帝詔曰，查額駙皓禎，並非碩親王所出，實為抱養之子，卻謊稱子嗣，承襲爵位，此等欺君罔上，汚蔑宗室之舉，已紊亂皇族血脈，動搖國之根本，罪行重大！姑念碩親王與福晉乃皇親國戚，特免死罪，著即監禁兩年，降為庶民，碩親王府其餘人等，一概軍爵撤封，府第歸公，擇日遷居。白吟霜斥令削髮為尼。皓禎以來歷不明之身，謬得額駙之尊，罪不可赦，當處極刑！三日後午時，斬立決！欽此！』

22

王爺、雪如，和皓禎就這樣入了獄。吟霜暫時無人拘管，因聖旨上未曾明示，何時削髮？何時為尼？

王府中頓時一團混亂，官兵押走王爺等人之時，順便洗劫了王府。除了公主房以外，幾乎每個房間都難逃惡運，箱箱籠籠全被翻開推倒，衣裳釵環散了一地。丫環僕傭眼看大勢已去，又深怕遭到波及，竟逃的逃，走的走，連夜就散去了大半。

一夜之間，偌大的王府，變成一座空曠的死城。

北國的秋，特別蕭颯。銀杏樹的葉子，又落了滿地，無人清掃。亭亭台台，樓樓閣閣，和院院落落，再也聽不到人聲笑語，看不到衣香鬢影。蒼苔露冷，幽徑花殘。長長的迴廊上，冷冷清清，杳無人影。只有層層落葉，在寒風中翻翻滾滾，從長廊的這一頭，一直滾向那一頭。昔日繁華，轉眼間都成過去。

第二天，皓祥和翩翩回來了，看到府中這等殘破景象，不禁面面相覷，說不出話來。等到知道聖旨上竟是：

『碩親王府其餘人等，一概革爵撤封，府第歸公，擇日遷居……』

皓祥就大大一震，楞楞的說：

『怎會這樣呢？難道我們進宮密告，都沒有功勞嗎？為什麼把我革爵？降為庶民？我沒有欺君，我沒有犯上呀！這太不公平了！』

秦嬤嬤顫巍巍的走上前來，抖著手，指著皓祥說：

『心存惡念啊！禍雖未至，福已遠離。』

阿克丹不知從何方衝出，伸手就抓住皓祥胸前的衣服，怒目圓睜的爆出一吼：

『對！這叫報應，你們害人害己，不僅是無福之人，更是王府的罪人！』

小寇子也衝過來了：

『你們讓王爺福晉入獄，讓額駙判了死刑，你們於心能安嗎？你們夜裡睡得著嗎？如今，金錢財物，花園房舍，榮華富貴一起失去，你們就滿意了嗎？……』

『你……你……你這個臭奴才！』皓祥又氣又恨，對小寇子伸出了拳頭：『我要你好看！』

『算了吧！』阿克丹把皓祥用力一推，推倒於地。『你已經被降為庶民了！省省你的少爺架子吧！王爺和額駙垮了，你還有什麼天下……你睜大眼睛看看，王府中還留下了什麼？』

翩翩環顧四周，天愁地慘，一片荒涼。箱籠遍地，雜物紛陳……她整顆心都揪起來了，整個人都失神了。就在此時，吟霜氣極敗壞的奔了過來，一見到翩翩，竟像見到唯一的救星般，對翩翩就跪了下去：

『側福晉！請妳救救大家吧！我已經走投無路了！從昨天到現在，我去了都統府，去了悅王府，康王府，還去了大格格、二格格、三格格家裡……大家聽說是碩親王府來的，就慌慌張張的關上大門，根本沒有人肯見我！連我那嫡親的姨媽，都連夜出京避風頭去了……我現在只有一條路可走，就是進宮去見公主！側福晉，我知道妳才從宮裡回來，妳和公主，一直走得很近，妳和那崔嬤嬤，也很投緣。請妳幫我，那宮門森嚴，我進不去！妳想想法子，讓我和公主見上一面，讓我去求公主……要不然，皓禎是死路一條，阿瑪和額娘在牢獄裡，也是活不成的！我求求妳……』她對翩翩『噃噃噃』的磕下頭去：『把我扮成宮女，把我扮成妳的丫頭，帶我進宮去吧！』

翩翩見吟霜說得聲淚俱下，磕頭如搗蒜，心中不禁緊緊一抽。畢竟，她在王府中已二十年，又何忍見王府瓦解凋零！她凝視吟霜，終於明白吟霜只是人而不是狐，她進不了那座宮門。但是，進去又有何用？

『那公主，』翩翩勉強的開了口，喉中澀澀的。『她恨妳都來不及，怎會幫妳呢？』

『不管她幫不幫，這是最後的一條路了！』吟霜悲喊著：『只剩兩天了，後天此時，皓禎就身首異處了！事不宜遲，請妳幫我做最後的努力，請妳！求妳！拜託妳……』她再磕下頭去，額頭都磕腫了。

『也罷！』翩翩看著那荒涼的庭院：『我立刻就去打點佈緒，看能不能打通崔嬤嬤那一關！』

這一佈緒，一直到第二天晚上，崔嬤嬤才同意了，願帶吟霜見公主。事實上，崔嬤嬤有崔嬤嬤的想法，只有她最深的體會出公主對額駙的一番心。如今，額駙問斬，公主這一片痴心，將繫向何方？如能留下人來，則日久天長，一切仍然有望……而且，而且……

於是，這天晚上，吟霜打扮成宮女，被崔嬤嬤從偏門中，悄悄帶進了宮。這已是皓禎的最後一夜了。

公主在她那寢宮之中，不住蹀著步子，『花盆底』的宮鞋，踏在青磚地上，篤篤有聲，敲碎了那寂靜的夜，也踩碎了公主自己的心。

『公主！』崔嬤嬤帶進吟霜來。『有人求見！』

公主乍見吟霜，嚇了好大一跳。

『怎麼？怎……麼！又是妳！妳連皇宮都進得來？妳的法力越來越大了……』她慌亂的回頭喊：『崔嬤嬤！崔嬤嬤！』

『是我帶她進來的！』崔嬤嬤哀傷的看著公主。『現在真相都已經大白了，她根本不是白狐，皇上不是對妳都說過了嗎？妳再也不用怕她了！妳和她的心病，也應該解一解了，要不然，妳這一輩子，都要這樣恍恍惚惚的度過嗎？醒一醒吧！公主！』

『不是白狐？不是白狐？』公主仍然神魂不定，怔忡的瞪視著吟霜：『我不知道，一切都把我攪糊塗了！皇阿瑪說我嫁的是個假皇親，他要把他處死，那、那我不是成了寡婦嗎？妳……』她目不轉睛的看著吟霜：『妳……妳那麼神通廣大，怎麼不去救皓禎呢？』

『我如果真的神通廣大，如果真的法力無邊，』吟霜悲痛的說：『我還會來求妳嗎？我早就去施法了！』她往前一步，急促的抓住了公主的雙臂，忍不住就給了她一陣搖撼。『公主！請妳清醒過來！妳一定要清醒過來！因為皓禎已到最後關頭，明日午時，就要處死了！不管他是真皇親，還是假皇親，他是真貝勒，還是假貝勒……他都是我們兩個人的丈夫呀！是我們兩個人都深深愛著的，唯一的，真正的丈夫呀！』

公主大大的震動了，眼睛睜得圓滾滾的，呼吸急促的鼓動著胸腔，眼光一瞬也不瞬的盯著吟霜。

『公主，妳的敵人是我，不是白狐！不要因為妳自己的挫敗，而逃避到「白狐」的邪說裡去！妳要站起來，跟我爭皓禎，跟我搶皓禎，說不定，有一天妳會贏過我！如果皓禎死了，妳就再也贏不了了！』

公主臉色一動，眼中閃閃發光。她挺了挺下巴，又有了『公主』的權威。

『妳不要對我用激將法，』她冷冷的說：『皓禎死了，妳也贏不了了！』

『哦！這就是妳的想法！』吟霜激動的嚷：『可見妳的內心深處，仍然是清醒明白的！妳寧願皓禎死掉，我們兩個都做輸家，也不願意皓禎活著，卻只愛我一個！妳要用死亡來終止皓禎對我的愛！』她點著頭，眼光凌厲，灼灼然的逼視著公主。『妳有妳的驕傲，妳的自尊，但，到了最後，妳卻走了一步這樣窩囊的棋！這步棋，讓妳這一生都輸定了，永遠沒有翻身的機會！』

公主緊緊的閉著嘴唇，不說話。

『但是，』吟霜繼續說，一句比一句有力：『妳能不愛他嗎？妳能不想他嗎？妳能不希望他有回報嗎？大婚之夜，合巹之時……往日種種，難道都不曾在妳回憶中縈繞嗎？他的死亡，能讓這所有的相思回憶都一筆勾銷嗎？』她盯著公主的眼睛，急切的說：『我們談一個條件，好不好？只要妳救了皓禎，我保證消失在你們面前，我用我的死亡來交換皓禎！沒有了我，妳還有一生一世的時間，來贏得皓禎的心！』

公主牽動了一下嘴角，眼中閃過一抹痛楚。

『妳死了，』她眼神縹緲。『他的心會跟著妳走，我才沒那麼傻！』

『那麼，我不死！皇上已下令，要我去當尼姑，青燈古佛，長伴一生，再也不來擾你們。』

『妳當了尼姑，他會在尼姑庵前結廬而居！』

『他不會，他還有父母要侍奉……』

『他會。我已經太瞭解他了！』

『那麼，去向皇上求情，赦免了我們，和我共有他吧！妳救了王爺和福晉，皓禎感恩，我也感恩，讓我們三個，和平共存！那總好過妳為他守寡，是不是？』吟霜喊著，去抓公主的手。

公主神情一慟，掙脫了吟霜。

『妳走！』她簡單的說。『我已經讓自己變得麻木不仁了，妳說任何話，對我都沒有作用了！妳走！我不要見妳！也不要聽妳！』

吟霜絕望到了極點，她瞪視著公主，只看到一張心灰意冷、毫無表情的臉孔。麻木不仁！是的，她已經無動於衷，麻木不仁了。

『公主！』她做最後一搏。『死亡沒有辦法結束人間的真愛，只能把它化為永恆，與天地同在……』

『夠了夠了！』公主憤然的一把推開吟霜，激烈的衝著她喊：『我知道你們的愛崇高偉大極了，與日月同輝，與天地同在！這麼偉大的愛，還怕「死亡」嗎？他死了，妳儘可跟著他去！妳走！我不管妳是人是狐、是鬼是神，我已經受夠了妳！我再也不要見到妳……』

吟霜的身子往後退，一直退到門邊，然後，她堅決的、木然的轉過身子，直挺挺的走了出去。臉上，已沒有來時的惶恐無助，取而代之的，是一種視死如歸的堅毅。是的，公主說得好；這麼偉大的愛，還怕『死亡』嗎？

同一時間，在宮中的大牢裡，皇上特別恩准，讓王爺、雪如與皓禎共進最後的晚餐。

獄卒送進了佳餚美酒，嘆口氣說：

『大限在明日午時，一早就得動身赴法場，這一頓請好好享用吧！』

王爺和雪如，看著托盤裡那六碟小菜、一壺美酒，真是痛入心肺。皓禎走過來，斟了一杯滿滿的酒，就雙手捧著，對王爺和雪如跪了下去，誠摯的說：

『阿瑪，額娘，我糊裡糊塗，當了你們二十一年的兒子，這二十一年來，我帶給你們的歡樂不多，帶給你們的煩惱和痛苦卻不少！原以為有一生的時間，可以承歡膝下，不料這麼短暫，就要分離……阿瑪與額娘的恩情，只有等來生再報。這杯酒，我敬你們兩位，心中有句話，想對你們說；謝謝你們抱養了我！生我者是誰，我不知道，養我育我的，是你們，謝謝你們給了我這樣豐富的一生，我真的不虛此行了！』他一仰頭，把杯子乾了。

雪如已淚落如雨，她哭著把皓禎抱住：

『你還說這種話，每個字都刺痛我的心呀！娘對不起你，是我一手改寫了你的命運，是我一手促成了你今天的悲劇，沒有我，你今天或者在某處某地，安居樂業，娶妻生子，好好的過著你的人生！』

『也許是吧！』皓禎說：『可是那樣，我就不會遇見吟霜了，正像吟霜說的，如果可以從頭來過，讓我們選擇自己的命運，我們仍然選擇現在的局面！』他看著雪如，叮囑著：『照顧吟霜！』

雪如拚命點頭，說不出話來了，心酸已極。淚，完全無法控制的滾滾流下。王爺站在一邊，眼光直直的看著這對母子，竟無法開口。好半晌，他才佝僂著身子，去裝了一碗飯，又夾了好多菜，拿著碗筷，遞給皓禎。這是他生平第一次，為人盛飯。

『飯菜涼了……』他哽咽的說：『你……趁熱吃了吧！』他的手抖抖索索的。

『是！』皓禎慌忙雙手接過碗來。

王爺一瞬也不瞬，定定的看著皓禎。皓禎勉強的拿著筷子，扒著飯粒往嘴裡送去，儘管食難下嚥，卻努力的、一口一口的吃著。王爺貪婪的看著他，似乎想把他整個身影，都攫入內心深處去。他嘴裡，喃喃的說著。

『兒子，好好吃，吃飽一點兒……』他心中有千言萬語想要表達，嘴唇顫抖著。最後，仍然只是困難的重複了一句：『兒子！吃飽一點兒！』

皓禎看了王爺一眼，鼻塞聲重的應了一個字：

『好！』

然後，他就端著飯碗，努力而專心的吃著那餐飯。王爺和福晉，痴痴的看著他吃。三個人就這樣默默相對，大牢內一燈如豆，夜寒如水。寂靜的夜裡，只有碗筷相碰的聲音。

23

一清早，通往法場的這條大路，就擠滿了人，萬頭鑽頭，人聲鼎沸。大家你擠我、我擠你的想擠到大路邊上去，看一眼今天要被斬首的那個駙馬爺。

終於，囚車來了。監斬官刑部佟大人打前陣，騎著一匹棗紅色駿馬前行，後面跟著雙排衛兵，衛兵後面是囚車。囚車後面又是雙排衛兵。馬蹄、衛兵、囚車……衝開了圍觀的羣眾。

『看呀！看呀！』羣眾們推擠著，爭先恐後的跳著叫著，莫名其妙的興奮著：『是個好漂亮的年輕人呀……』

『聽說有寶石頂戴，是個小王爺呀！』

『嗬！來頭大著呢！是碩親王府裡的貝勒，是蘭公主的額駙，還是御前行走呢！……』

『這麼大來頭，怎麼年紀輕輕就犯了死罪呢？……』

『……』

大家你一言、我一語的，又叫又嚷，議論紛紛。

皓禎昂首站在囚車裡。囚車的車頂，有個圓孔，他的脖子從圓孔中伸出，頭露在車外，身子在車裡，雙手負於身後，緊緊綑綁著。他雖然憔悴清癯，卻不像一般犯人那樣蓬首垢面。雪如在天亮前還幫他梳了頭髮。他衣飾整潔，神情肅穆。站在那兒，依然有一股浩然正氣。這樣奇怪的『死囚犯』，使羣眾們看得更興奮了。

忽然間，人羣間傳來一聲尖銳而淒厲的呼號：

『皓禎！等等我！我來了！』

皓禎全身一震，定睛對人羣中看去。

吟霜全身縞素，白衣白裳，頭上綁著白色的孝帶，奮力衝破人潮，狂奔著追向囚車。

『皓禎！』她邊跑邊喊著：『我來送你了！我一定要見你這最後一面，讓你知道我的心意……』

皓禎看到吟霜了，本能的，他想撲過去，但是脖子被圈住，整個人都動彈不得。他跕著腳，奮力伸長了脖子，急切的大喊：

『老天有眼，讓我還能看到妳！吟霜，為我珍重！為我珍重！聽到了嗎？要為我珍重呀！』

羣眾一陣騷動，見吟霜勢如拚命般殺出重圍，大家竟不由自主的讓出一條路來。

吟霜追著囚車急跑，終於給她追上了囚車，死命的抓住了欄杆，整個人都掛在囚車上了。

『皓禎！你聽著！』她急促的、悲淒的、一連串的喊出來：『你我這一份心，這一片情，天知、地知、你知、我知，鬼神萬物都是我們的證人……生也好，死也好；今生也好，來生也好，我都是你的！永遠永遠都是你的……』

『吟霜！』皓禎也喊著：『有情如妳，我死而無憾了！妳說出來的話，我都知道，妳沒說出來的話，我也知道！我對妳只有一個要求，要為我活下去！要為我報答阿瑪和額娘……』

『不不不！』吟霜激烈的搖著頭：『只有這一句，不能依你！你生我也生，你亡我也亡！』

『吟霜！』皓禎怒喊：『知我如妳，怎不聽從我？』

『皓禎！』吟霜淒厲的回答：『知我如你，怎能強迫我？』

兩人隔著囚車，忘形狂叫。這等奇異景象，使觀眾都看呆了。監斬官佟大人回頭一看，不禁又驚又怒，勒住馬，大吼了一句：

『這成何體統？衛兵！拉她下去！』

『是！』衛兵們大聲應著，就衝上前去，拉住吟霜雙手，要把她拖下車來。吟霜的手指，死命扣住欄杆，徒勞的掙扎著，一面對皓禎急喊著：

『我的話還沒說完……皓禎……皓禎……』

她怎敵得過衛兵們的力氣，才喊了兩聲，已被衛兵們七手八腳的拖了下來。她乍然鬆手，整個人滾倒在地上，被衛兵們用長矛阻絕，爬在地上，無法前進。

『吟霜！回去吧！吟霜……』皓禎淒厲的喊著。囚車繼續向前走，人潮隨即掩至，吟霜的那小小的白色身影，已迅速的被人潮所吞噬。他不禁仰頭向天，自肺腑中絞出一聲哀號：『啊……』

囚車到了刑場。

刑場正中，斷頭台像個猙獰的怪獸，聳立著。

衛兵們四面八方，重重的圍護著刑台，以防意外發生。台上，劊子手已經在等候，鼓手也手執鼓槌，站在那面大鼓前，等著擂鼓。台下，圍觀的羣眾仍在爭先恐後的伸頭伸腦，議論紛紛。在羣眾前面與刑台之間，阿克丹和小寇子跪在一具棺柩前面，等著收屍。皇上特別恩准，看在皓禎曾為額駙的份上，允許碩親王府收屍下葬。對『斬首』的犯人來說，確是一項大恩。平常，首級是要掛在城牆上示眾的。

皓禎下了囚車，被衛兵們推往刑台上去。

阿克丹和小寇子，立刻雙雙磕下頭去，激動的說：

『貝勒爺！奴才們給您磕頭！』

皓禎一見到他們兩個人，就也激動了起來。

『小寇子、阿克丹，你們不要送我！你們應該去守著吟霜呀！她被衛兵們拉了下去，現在不知道身在何方……』

小寇子眼眶一熱，淚水已奪眶而出。

『貝勒爺！』他坦白的說：『此時此刻，我們誰也顧不了誰了，只有各盡各的本分……』

皓禎無法再說什麼，已經被帶上了刑台。

佟大人走上了監斬官的位子。

皓禎被推到斷頭的刑具前面，刑具上有個凹槽，等著頭顱擱上去。劊子手站到了皓禎身後，手上的大刀迎著陽光閃熠。

時辰未到，大家等待著。太陽正向頭頂緩緩移動。

羣眾們你推我擠，睜大了眼睛，吵吵嚷嚷，生怕錯過了這場『死亡』大戲。就在這等待的時刻裡，吟霜又追了過來，奮力狂奔著，她的白衣白裳白頭帶，全在肅殺的秋風中飛舞，嘴裡，她不顧一切的狂喊著：

『皓……禎……』

羣眾太驚愕了，被這種淒厲的身影所震懾，紛紛退避。

吟霜已直撲台前。

『吟霜！』皓禎震動已極，嘶聲急喊：『這是刑場啊！妳到刑場來做什麼？快回去！快回去！我不要妳目睹我的死！我只要妳記住我的生！回去！什麼都不要說了，回去！』

『你甚至不要我送你嗎？』吟霜喊著。

『維持住妳心裡那個我！不必看著我身首異處！』皓禎撕裂般的狂吼著：『不要！我不要！妳回去！快回去！』

吟霜明白了，瞭解了。和皓禎這番轟轟烈烈的相知和相愛，彼此在對方心中眼中，都是最完美的形象。她點了點頭，心領神會。帶著一臉的堅決，她眼神熱烈，雙眸在陽光下閃閃發光，她清晰的、堅定的喊著：

『我明白了！我這就回去！』她緊緊盯著皓禎：『我們生相從，死相隨！午時鐘響，魂魄和你相會！天上人間，必然相聚！』

喊完，她一轉頭，就從來時的路上，飛奔而去了。

皓禎看著她的背影，他沒有再喊她，沒有再說任何的話。他已從她那堅定的眼神中，讀出了她內心的毅然決然。驀然間，他覺得乍然解脫。不再激動，不再牽掛。仰頭看天，太陽正向頭頂移動。是的，『午時鐘響，魂魄相會，天上人間，必然相聚！』如果此生活著，未能盡情的愛。死去，總該魂魄相依了。

『午時鐘響，魂魄相會！天上人間，必然相聚！』他喃喃複誦著吟霜的句子，又加了兩句：

『生而無歡，死而何懼？』

同一時間，公主在迴廊裡走來走去，走去走來。她那急促的腳步聲，和她那急促的心跳聲，匯合成一股音浪，在她腦中耳中，瘋狂般的迴響著：

『皓禎，皓禎，皓禎，皓禎，皓禎……』

腳步愈急，心跳愈急。心跳愈急，迴響愈急：

『皓禎，皓禎，皓禎，皓禎，皓禎……』

崔嬤嬤一動也不動的站在廊下，眼光定定的看著公主。不時，就幽幽的報上一句：

『公主，辰時正了！』

『公主，巳時正了！』

『公主，巳時一刻！』

『公主，巳時二刻！』

公主驀然止步，仰頭看天，太陽已向頭頂移動。

公主返身，往御書房直奔而去。見到了皇上，她撲跪於地，磕頭如搗蒜。

『皇阿瑪，蘭馨跟你磕頭啊！蘭馨跟你磕頭啊！蘭馨跟你磕頭啊……』她不斷的說著，忘形的說著，不停的磕著頭。

『不許磕頭！』皇上一怒而起。『世上不是只有這一個男子，妳還年輕，皇阿瑪會為妳做主……』

『皇阿瑪，』蘭馨更重的磕下頭去：『你早已為我做過主了！蘭馨給你磕頭，蘭馨給你磕頭……』

皇上瞪著公主，震動得無言可答。

刑場上，差一刻就到午時。

鼓手開始擂鼓，鼓聲急響。

皓禎被推到刑具最前方，他跪了下來，臉上一無所懼。那刑具的凹槽就在眼前，不知有多少頭顱，已從這凹槽中滾落了下去。

鼓聲越敲越急。羣眾都已鴉雀無聲。

遠遠的鐘樓，鐘聲驟響。

監斬的佟大人，大聲宣佈：

『午時正！行刑！』

皓禎將頭放入凹槽內，引頸待戮。鼓聲乍止。劊子手舉起了大刀。

就在此時，公主一人一騎，飛快的趕了過來，手裡高高的舉著『聖旨』，嘴裡，瘋狂般的大喊著：

『有聖旨啊！有聖旨啊！有聖旨啊！』

羣眾再度騷動。劊子手立刻抽刀退後。台下的阿克丹和小寇子，驚喜的抬起頭來，眼望著公主趕到台下，翻身落馬。

佟大人跪著接了聖旨，大聲的朗讀：

『額駙皓禎立即免罪釋放，不得有誤！欽此！』

羣眾們都嘩然大叫起來了，有的叫好，有的拍手，有的失望，有的跌腳，有的弄不清狀況，問來問去，有的嘖嘖稱奇，認為吟霜喊動了天，喊動了地……就在這一團亂中，皓禎被鬆了綁，不敢相信的站起身來，呆呆的看著那滿面淚痕，驚魂未定的蘭馨公主。

『蘭馨……』他喃喃的唸著她的名字。

阿克丹和小寇子已經撲上前來，對公主倒身就拜。

『皇恩浩蕩啊！』阿克丹喊著：『奴才叩謝萬歲爺恩典，叩謝公主恩典！』

皓禎一見阿克丹和小寇子，驟然間醒覺過來，頓時心驚肉跳。

『午時鐘響，魂魄相會！』他唸叨著，破口狂呼出一聲：『吟霜！不……要……』

然後，他看到公主騎來的那匹快馬，他不假思索的縱身一躍，落在馬背上。拉起馬韁，就策馬狂奔。羣眾們紛紛走避，又是一場大驚大亂。

『吟霜！等我！等我！一定要等我……』

皓禎一路狂喊著，如飛般消失在道路盡頭。

24

鐘樓敲響午時的第一響時，吟霜把一捲三尺白綾拋上了屋樑。

秦嬤嬤和香綺跪落在地，雙雙扶著吟霜腳下的凳子。兩人都瞭解，吟霜死志之堅，萬難勸解。何況，皓禎此時，大約已人頭落地，他們二人的『人間』約會已散，『天上』約會才剛剛開始。

秦嬤嬤伏在地上，對這樣的『殉節』，又佩服又敬畏。顫聲說：

『奴才恭送白姨娘，祝白姨娘和貝勒爺……魂魄相依，再不分離！』

香綺說不出話來，伏在地上，哭得肝腸寸斷。

『格登』一聲，椅子被踢翻。秦嬤嬤和香綺都震動著，誰也不敢抬頭。只聽到遠遠的鐘樓，繼續敲著鐘聲，最後一響結束了，餘音仍然綿綿邈邈，迴盪在瑟瑟秋風裡，迴盪在庭院深深裡。

過了好片刻，秦嬤嬤才站起身來，向上仰望，吟霜的一縷香魂，早已歸去，臉色仍栩栩如生。她抱住了吟霜的腿，和香綺兩個，合力解下了吟霜。

把吟霜放在床上，秦嬤嬤細心的為她整理衣衫，梳好髮髻，簪上釵環。香綺在一邊，眼淚簌簌直掉，看吟霜未曾眼凸舌露，闔著眼就像熟睡一般，她痴心以為，吟霜未死。死亡，不應該是這麼容易的事。但，她伸手去她鼻下，才發現呼吸俱無。她驟然間心中大慟，哭倒在秦嬤嬤懷裡。

『香綺，別哭！』秦嬤嬤說著，自己卻老淚縱橫：『吟霜這一生，從呱呱落地，就被烙上烙印，送出府去，放入河中……然後和皓禎相遇，又不能相守，飽受折磨。她過得好辛苦。現在，不苦了！再也不苦了，天上，有皓禎少爺等著她，會把她接了去。他們兩個，會守在一起，不怕任何風波災難了……』

秦嬤嬤話未說完，皓禎已像旋風般捲入府來，直奔靜思山房，嘴裡狂叫著：

『吟霜！吟霜！吟霜……』

『是貝勒爺！』香綺大叫，跳起身，衝到門外去，扶著門，就整個人都傻了。雙腿一軟，她跪下去，悲聲大叫：『貝勒爺！你怎麼回來了？你是人，還是鬼？你來接小姐嗎？』

秦嬤嬤也衝了出來，臉孔雪白。

皓禎明白了，他已來遲一步。

他走進了吟霜的房間，看到床上的吟霜了。她躺在那兒，寧靜安詳，兩排睫毛密密的合著，唇邊似乎還有個淺淺的微笑。他一直走到床邊，定定的看著她。然後，他彎下身子，伸出顫抖的雙手，把她抱了起來。緊擁在懷中，他依偎著她的面頰，低低的、喃喃的說：

『午時鐘響，魂魄相會，天上人間，必然相聚！吟霜，我一直沒辦法保護妳，沒辦法和妳過最普通最平凡的夫妻生活，沒辦法回報妳的一片深情……最後，連午時鐘響的約會，我又誤了期！妳現在一個人走，豈不孤獨？找不到我，妳要怎麼辦？』他抱著她向門外走去。『不！我不會讓妳再孤獨，咱們找一塊淨土，從此與世無爭，做一對神仙眷侶，重新來過，好嗎？好嗎？事到如今，再也沒有任何力量，可以拆散我們了！即使是「生」與「死」，也不能拆散我們了……』

王爺和雪如，一得到皇上的特赦，就立刻撲奔家門。王府門口，一片靜悄悄，大門洞開著，門口也無人把守。門內，地上積了數日的落葉，像一層黃褐色的地毯。皓禎騎來的那匹馬，正獨自在院中踢腳噴氣，揚起了滿院落葉。

王爺和雪如交換了一個視線，彼此都在對方眼中看到了恐懼。兩人還來不及進府，忽然聽到一陣人聲，兩人回頭一看，原來阿克丹和小寇子，簇擁著公主回來了。

公主一眼就看到了自己的坐騎，她對王爺和雪如急呼：

『你們見到皓禎了？馬在這兒，他已經到家了！』

『他果然得到特赦？』王爺悲喜交集的問：『妳確實把他救下來了？他怎麼沒有跟妳一起回來……』

公主尚未答話，府內忽然傳來一片哭叫之聲。王爺、雪如、公主都悚然而驚，急忙衝入大門。

皓禎抱著吟霜的屍體，直直的、面無表情的從內院走了出來。他一步一步的邁著步子，眼光望著前方不知名的地方，對於周遭的一切，視而不見，聽而不聞。

在他身後，皓祥死命的想拉住他，拚命喊著。翩翩、秦嬤嬤、香綺也追在後面，各喊各的，各哭各的，一片天愁地慘。

『哥哥！你要去那裡？』皓祥嚷著，在他這一生中，只有此時，『哥哥』二字叫得如此真摯。

『人死不能復生，你要節哀呀！好在你我都留得命在，未來還長著呀……』他一抬頭，見到王爺和雪如，就撲奔上前，求救的喊：『阿瑪，大娘，你們快來攔住哥哥呀！』

王爺和雪如瞪視著皓禎，和躺在皓禎臂彎中，動也不動，了無生氣的吟霜，兩人都嚇傻了。呆呆站在那兒，在巨大的驚懼當中，無人能夠說話了。

皓禎也機械化的站定了。

秦嬤嬤往前一衝，痛斷肝腸的哭著說：

『王爺、福晉，吟霜小姐，一心一意要追隨貝勒爺，午時鐘響，就自我了斷了……沒料到貝勒爺趕了回來，就……就……就這樣陰錯陽差了。』

雪如雙眼發直，一個勁兒的搖頭，小小聲的呢喃著：

『不……那不會是吟霜……不可以的……那不是吟霜，不是，不是……我的吟霜一出世就多災多難，一場場浩劫都熬過去了……這不是的，不會的……』她不住口的，低低的嘰咕著，整個人都失神了。

王爺一個顛躓，幾乎站立不住。他的面孔扭曲著，張嘴欲哭，卻哭不出聲音，最後發出了哀嚎：

『怎麼會這樣呢？一切的災難都結束了，我們一家人，正該好好團聚……』他突然衝向了皓禎，用雙手捧起吟霜的臉，仔細的看著她，沙嗄的說：『我從來不知道妳是我的骨肉，不曾有一天善待過妳，現在才知道真相，正預備好好補償妳，妳怎麼可以這樣去了？不行不行，我不准！我不准！』

皓禎木然的站著，緊緊抱著吟霜。任憑王爺和雪如，拉的拉、扯的扯，他就是站立著，紋風不動。

阿克丹和小寇子，見了這等場面，兩人雙雙跪落地。

『為什麼好人會死？』阿克丹抬首向天：『為什麼像白姨太這樣善良的人，要比我們都早走一步？』

『白姨太，回來吧！』小寇子哭得悲切。『妳和貝勒爺約好了，要同生同死，現在貝勒爺已經回來了，妳也回來吧！老天爺，祢顯顯靈吧！讓吟霜小姐活過來呀！』

翩翩整個人痙攣著，支持不住的抓著皓祥的手，顫抖著對吟霜、皓禎、王爺、雪如四人跪了下去。

『天啊！』她哭著：『我們做了什麼？我們……做了什麼孽……什麼孽呀……』

『是我做的孽！』王爺痛喊：『是我，是我……』

『是我！』雪如接著喊：『是我呀！是我呀……』

『然而，』王爺痛哭著：『我們聯合起來，做了這番罪孽，卻要讓吟霜一人來承擔嗎？……』

大家哭的哭，叫的叫，一片淒風苦雨。只有蘭馨，她震動已極的看著這一切，腦中清楚浮現的，是吟霜前晚才說過的話；死亡沒有辦法結束人們的真愛，只能把它化為永恆，與天地同在！她深深的吸著氣，一瞬也不瞬的凝視著皓禎，和皓禎臂彎裡，已進入『永恆』的吟霜。內心掠過一抹尖銳的刺痛；她輸了！這場兩個女人的戰爭，她已經徹底的輸了。

皓禎不再佇立。他的神情始終嚴肅、鎮定，而堅決。眼光也始終直直的望向遠方。此時，他掙開了家人，抱著吟霜，又繼續往大門走去。

蘭馨公主再也站不住了，她攔了過去，驚痛的問：

『你要抱著她到那裡去？』

皓禎繼續注視前方，聲音空空洞洞的，像來自深幽的山谷：

『她從那裡來，我就帶她到那裡去！我現在終於知道了！她是白狐，原屬於荒野草原，來人間走這一遭，嘗盡愛恨情仇，如今債已還完，她不是死了，而是不如歸去。我這就帶她到大草原去，說不定……她就會活過來，化為一隻白狐，飄然遠去……在我記憶深處，好像……好像幾千年前，我也是一隻白狐，我們曾經在遙遠的天邊，並肩走過……說不定，我也會化為白狐，追隨她而去……』

這篇似是而非的話，說得每一個人都呆住了。

在一片死寂之中，竟沒有一個人再要攔阻皓禎，他就抱著吟霜，往外面走去。

公主怔了怔，又心碎，又震撼。她忍不住衝上前喊：

『不要糊塗了，她不是什麼白狐，她是人生父母養的！是王府的四格格呀，怎麼會是隻狐狸呢？過去是我不能面對現實，所以把她和白狐硬扣在一起，弄得整個王府蜚短流長，一切都是我不好，我……我很遺憾結局竟是如此，可人死不能復生，傷痛之餘，你也應該珍惜自己死裡逃生，珍惜整個家族化險為夷，是不是？父母需要安慰，王府需要重新建設，你沒有了吟霜，但是……你還有我呀！你瞧，我的腦子已經不糊塗，人也明白過來了！讓我支持著你，陪伴著你，好不好？』

皓禎面無表情，無動於衷的身子一側，就和公主擦身而過。他走到了那匹馬前面，把吟霜放上了馬背。

公主一急，衝到王爺和雪如的面前：

『他真的要走了，你們都不阻止他嗎？』

王爺呆怔著，一句話也不說。雪如卻像著了魔一般，心神恍惚的，低低喃喃的說：

『回歸原野……飄然遠去……這樣也好，這樣也好，說不定幾千年前，他們是一對白狐，一對恩愛夫妻……這樣也好，生而為人，不如化而為狐……去吧去吧——』

公主慌亂四顧，人人都著魔似的悲淒著，人人都深陷在『白狐』那縹緲的境界裡。她恐慌的大喊：

『她是人，她是人，她不是白狐呀！不是白狐呀……』

沒有人理會她。而皓禎，已跨上馬背。他擁緊了吟霜，重重的一拉馬繮，那馬兒昂起頭來，發出一聲長嘶，狂奔而去。

『皓禎！』公主緊追於馬後，哀聲大叫著：『你究竟要去那裡？你什麼時候回來？皓禎……天下不是只有你一個人懂感情！天下不是只有你一個人有遺憾！你這樣一走了之，丟下的債，你幾生幾世也還不清……』

皓禎策馬，絕塵而去。把公主、王爺、雪如、皓祥、翩翩、阿克丹、小寇子、秦嬤嬤、香綺……全拋在身後，把人世間種種恩恩怨怨，糾糾纏纏，牽牽卦掛……都一齊拋下。

他越騎越快，越跑越遠，始終不曾回顧。馬蹄揚起一路的塵埃，把往日繁華，全體遮掩。遠處，有蒼翠的山，有茂密的林，有無盡的曠野，有遼闊的草原……，他奔馳著，一直奔向那遙遠的天邊。

——全書完——

一九九三年七月二十六日於台北可園

《梅花三弄》後記

一九七一年，我寫了一系列的中篇小說，背景是明朝，收集在我《白狐》一書中，早已出版。

事隔二十年，我從事了電視連續劇的製作，非常狂熱於劇本的研討，和題材的選擇。適逢台灣開放赴大陸製作電視節目，而我在闊別四十年後再回到大陸探親，驚見故國河山，美景無限。處處有古典的樓台亭閣，令人發懷古之幽思。於是，我們開始赴大陸，拍攝了好多部以民初為背景的戲劇；『婉君』、『啞妻』、『雪珂』、『望夫崖』、『青青河邊草』……等。

去年，我和我的編劇林久愉，選中了我的三部中篇小說，決定製作成一系列的連續劇，取名為『梅花三弄』。

『梅花三弄』中的三個故事，分別取材於下：

㈠梅花烙——取自《白狐》一書中之『白狐』。

㈡鬼丈夫——取自《白狐》一書中之『禁門』。

㈢水雲間——取自《六個夢》一書中之『生命的鞭』。

我和林久愉，開始重新整理，加入新的情節，新的人物，來豐富這三個故事。整整經過了一年的時間，才把三部劇本完成。因為每部戲劇多達二十集（二十小時），加入及改變的情節非常多，幾乎只有原著的『影子』，而成為了另一部新作。

於是，我決定把這三個故事，重新撰寫，以饗讀者。

『梅花烙』的時代背景，改為清朝。除了『白狐』這一個『是人是狐』的『謎』之外，其他情節，已和原來的『白狐』相差甚遠。只有女主角，仍然用了『白吟霜』這個名字。當然，這個故事完全是杜撰的，千萬別在歷史中去找小說人物。

我一向對於中國人的『傳說』非常感興趣。曾把一部二十四大本的《中國筆記小說》從頭看到尾。中國人相信鬼，相信神，相信報應，相信輪迴，相信前世今生……最奇怪的是：中國人相信『狐狸』會修練成『大仙』，有無窮的法力，且能幻化人形，報恩或報仇。對這種說法，我覺得非常希奇。但是，在我童年時，長輩們仍然津津樂道『大仙』的種種故事，我聽了無數無數，印象深刻。

『梅花烙』從烙梅花，換嬰兒開始，到浩禎心碎神傷，帶著吟霜去找尋前世的『狐緣』為止，整個故事充滿了戲劇性。事實上，人生很平淡，有大部份的人，永遠在重複的過著單調的歲月。我認為，小說或戲劇既然是為了給人排遣一段寂寥的時光，就應該寫一些『不尋常的事』。『梅花烙』就是這樣一個充滿戲劇性的『傳奇』。也只有發生在那個年代的中國，才有的『傳奇』。

『鬼丈夫』和『禁門』的基本架構，變化不大，是三個故事中，維持原小說韻味最多的一個。故事背景，改在民初，故事發生地點，移到了湖南的邊城，帶一些苗族及土家族的地方色彩。故事中，增加了『紫煙』這條線，增加了『老柯』這段情，增加了『面具』的安排，也增加了很多新的人物。對於『捧靈牌成親』的痴情，和身為『鬼丈夫』的種種無奈，有比較細膩的描述，自然比原來的

『中篇』有更大的可讀性。

『鬼丈夫』的小說，因為我實在太忙，是由彭樹君小姐根據電視劇本和『禁門』所改寫的。

『水雲間』的故事，是三個故事中，最具有浪漫色彩的一個。浪漫的一羣藝術家，浪漫的西湖，浪漫的時代，和浪漫的愛情。這故事唯有在『一湖煙雨一湖風』的西湖發生，才有說服力。可惜我的筆，寫不出西湖的美。幸好有電視鏡頭，能捕捉住西湖的美。

『水雲間』雖然是個浪漫的故事，卻是三個故事中，寫『人性』比較深入的一部。透過『梅若鴻』這樣一個人物，來寫『現實』與『理想』的距離。透過三個女人和他的糾纏，來寫『不太神化』的『人』！

我寫作的最大缺點，就是往往會『神化』我小說中的人物，也『誇張』了一些情節。我的朋友們常對我說；我小說中的愛情，世間根本沒有。我聽了，總會感到悲哀。『水雲間』雖然是『不太神話』的，卻也有它『神化』的地方。最起碼，這書中的三位女性，芊芊、子璇、翠屏，都是近乎『神化』和『理想化』的！我深愛她們每一個！

《梅花三弄》帶著濃厚的中國色彩。『梅花烙』寫『狐』，『鬼丈夫』寫『鬼』，『水雲間』寫『人』。事實上，『狐』『鬼』『人』皆為一體，人類的想像力無際無邊。三個故事，與『梅花』都有關聯。隱隱間，扣著『緣定三生』的『宿命觀』。寫『情』之外，也寫『緣』。

我一直對於『小說』二字，有我的看法；『小小的說一個故事』。所以，我『小小的說』，讀者們不妨『隨意的看』，別太認真了。希望它能帶給你一些『小小的』感動，我就心滿意足了。

瓊瑤

一九九三年夏

國立中央圖書館出版品預行編目資料

梅花烙 / 瓊瑤著. -- 初版. -- 臺北市 : 皇冠
, 民82
面 ; 公分. -- (皇冠叢書 ; 第2222種)(
瓊瑤全集 ; 47)
ISBN 957-33-1002-3(平裝)

857.7 82006855

皇冠
CROWN
〈註册商標第173155號〉

皇冠叢書第二二二二種
《瓊瑤全集》
梅花烙

作　者—瓊瑤
發 行 人—平鑫濤
出版發行—皇冠文學出版有限公司
台北市敦化北路一二〇巷五〇號
電話◉七一六八八八八
郵撥帳號◉一五二六一五一—六號
登 記 證—局版臺業字第五〇一三號
責任編輯—方麗婉
美術編輯—曾繁淵
校　對—鮑秀珍・謝慧珍・洪正鳳
印 刷 者—秋雨印刷股份有限公司
台北市八德路四段三一九號四樓
電話◉七六三六〇〇〇
著作完成日期—一九九三年(民82)六月三十日
初版完成日期—一九九三年(民82)九月十五日
卅八刷出版日—一九九四年(民83)三月

國際書碼◉ISBN 957-33-1002-3
Printed in Taiwan
本書定價◉新台幣 150 元

98-04-43-04

⊙存款後由郵局製給正式收據爲憑，本單不作收據用⊙
帳戶本人存款此聯不必填寫，但請勿撕開。

郵政劃撥儲金存款通知單

收款人	帳號	0010426-9	帳號未滿八位數者，帳號前空格請填0。
	戶名	皇冠出版社	

新臺幣：

（請用壹、貳、叁、肆、伍、陸、柒、捌、玖、零等大寫並於數末加一整字）

寄款人		
	姓名	
	住址	（郵遞區號）
	電話	

經辦局郵戳

主管：

經辦員：

本聯經劃撥中心登帳後寄交帳戶

手續費	次	元

局號：　　收據號碼：

郵政劃撥儲金存款單

收款人	帳號	0010426-9
	戶名	皇冠出版社

收款局郵戳

新臺幣：

（請用壹、貳、叁、肆、伍、陸、柒、捌、玖、零等大寫並於數末加一整字）

經辦局郵戳

寄款人		
	姓名	
	住址	（郵遞區號）
	電話	

主管：

經辦員：

虛線內備機器印證用請勿填寫

經辦局號	帳號	日期	存款金額
登帳編號		工作站號	

手續費	次	元

本聯由劃撥中心存查

(100張) 280,000束 77.10.245×130mm

(60P.橫)　(文信)　保管五年

請注意：

一、帳號、戶名及寄款人姓名住址請詳細填明，以免誤寄。

二、抵付文換票據之存款，務請於交換前一、二天存入，必要時，存款局先以電話通知劃撥中心局，惟長途電話費由存款人負擔。如因電話故障等原因無法及時通知者，應由存款人自行負責。

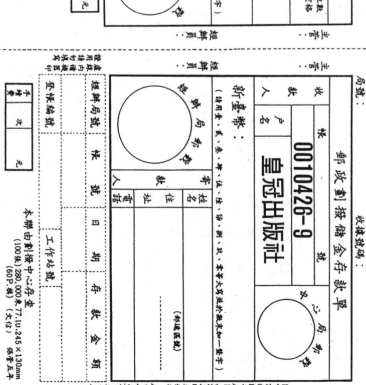

請存款人注意

一 如須限時存款請於存款單上貼足「限時專送」資費郵票。
二 每筆存款至少須在新臺幣一元以上但存款尾數不在此限。
三 倘金額誤寫請另換存款單塡寫。
四 本存款單不得附寄其他文件。
五 本存款單在各郵局窗口免費供應。帳戶或存款人亦得依式自印，但各欄文字及規格必須與本單完全相同，如有增刪或改印其他文字者，郵局不予受理存款，存款人應請另換本局印製之存款單塡寫。

通信欄	

此欄係備寄款人與帳戶通訊之用，惟所作附言應以關於該次劃撥事項爲限。否則不予受理，應請換單另塡

11.25